新华经典散文文库

没有一种生活是可惜的

余华经典散文

余华 著

陕西师范大学出版总社

图书代号　WX19N0281

图书在版编目（CIP）数据

没有一种生活是可惜的：余华经典散文 / 余华著．— 西安：陕西师范大学出版总社有限公司，2019.6（2024.3 重印）
（新华经典散文文库 / 王笑东主编）
ISBN 978-7-5695-0615-0

Ⅰ．①没…　Ⅱ．①余…　Ⅲ．①散文集—中国—当代　Ⅳ．① I267

中国版本图书馆 CIP 数据核字（2019）第 057392 号

没有一种生活是可惜的：余华经典散文
MEIYOU YIZHONG SHENGHUO SHI KEXI DE : YUHUA JINGDIAN SANWEN
余　华　著

出 版 人　刘东风
特约编辑　刘　钊　许　泠
责任编辑　宋媛媛
责任校对　高　歌
封面设计　吴黛君
出版发行　陕西师范大学出版总社
（西安市长安南路 199 号　邮编 710062）
网　　址　http://www.snupg.com
印　　刷　小森印刷霸州有限公司
开　　本　620 mm×889 mm　1/16
印　　张　16
字　　数　115 千
版　　次　2019 年 6 月第 1 版
印　　次　2024 年 3 月第 5 次印刷
书　　号　ISBN 978-7-5695-0615-0
定　　价　59.00 元

有时候，人生和写作其实很简单，
一个梦，让一个记忆回来了，然后一切都改变了。

《一个记忆回来了》

生活是那么的强大，它时常在悲伤里剪辑出欢乐来。

《爸爸出差时》

在那个炎热的中午，我感受的却是无比的清凉，
它对于我不是死亡，而是幸福和美好的生活。

《医院里的童年》

我的青春是由成千上万张开的嘴巴构成的，我不知道是喜是忧。

《我的第一份工作》

作家是什么？用吉卜赛人的话来说，
就是把别人的故事告诉别人，再向别人要钱的那种人。

《我最初的阅读与写作》

川端康成和卡夫卡的遗产是两座博物馆，所要告诉我们的是文学上曾经出现过什么；而不是两座银行，他们不供养任何后来者。

《川端康成和卡夫卡的遗产》

假如文学里真的存在神秘的力量，那就是让读者在不同时代、不同民族、不同文化、不同历史的作家的作品中读到属于自己的感受。

《我的书游荡世界的经历》

音乐的历史深不可测，如同无边无际的深渊，
只有去聆听，才能知道它的丰厚，才会意识到它的边界是不存在的。

《音乐影响了我的写作》

人们所以要解释灵感，并不是他们知道灵感，而是他们不知道。

《灵感》

一个男人一旦精通了色彩，那么无论是写作还是调情，都将会所向披靡。

《色彩》

没有一种生活是可惜的，也没有一种生活是不值得的，
所有的生活都充满了财富，只不过看你开采了还是没有开采。

《没有一种生活是可惜的》

世界上没有一条道路是重复的，也没有一个人生是可以替代的。

《没有一条道路是重复的》

我的回忆就像瓦楞草一样长在那些低矮的屋顶上，
还有石板铺成的街道、伸出来的屋檐、一条穿过小城的河流，
当然还有像树枝一样从街道两侧伸出去的小弄堂。

《别人的城市》

每个人对于他所属的社会都负有责任，那个社会的弊病他也有一份。

《我们生活在巨大的差距里》

目　录

Contents

第一辑／一个记忆回来了

第二辑／文学·音乐·旅行

第三辑 / 活着，为了讲述

第一辑　一个记忆回来了

写作过程让我明白，人是为活着本身而活着，而不是为活着之外的事物所活着。

一个记忆回来了

潘卡吉·米什拉问我："你早期的短篇小说充满了血腥和暴力，后来这个趋势减少了，为什么？"

这个问题十多年前就缠绕我了，我不知道已经回答了多少次。中国的批评家们认为这是我写作的转型，他们写下了数量可观的文章，从各个角度来论述，一个作品中充满了血腥和暴力的余华，是如何转型成一个温情和充满爱意的余华。我觉得批评家们神通广大，该写的都写了，不该写的好像也写了，就是我的个人生活也进入了他们的批评视野，有文章认为是婚姻和家庭促使我完成写作的转型，理由是我有一个漂亮的妻子和一个可爱的儿子，幸福的生活让我的写作离血腥和暴力越来越远……这个问题后来又出口到了国外，当我身处异国他乡时也会常常面对。

我觉得这是一个有趣的情景，十多年来人们经常向这个余华打听另外一个余华：那个血腥和暴力的余华为何失踪了？

现在，我的印度同行也这样问我，我想是认真回答这个问题的时候了，应该发布一个非盗版的回答。需要说明的是，回答这个问题的家伙是《兄弟》出版之前的余华，而不是之后的。法国评论家Nils C.Ahl说《兄弟》催生了一个新的余华。他的理由是，一本书有时候会重塑一个作家。一些中国的朋友也说过类似的话，我本人十分赞同。于是《兄弟》出版之后的余华也许要对两个失踪了的余华负责，不是只有一个了。如何解释第二个失踪的余华，是我以后的工作，不是现在的。

1991年、1992年和1995年，我分别出版了《在细雨中呼喊》《活着》和《许三观卖血记》，就是这三部长篇小说引发了关于我写作风格转型的讨论，我就从这里开始自己的回答。

首先我应该申明：所有关于我写作风格转型的评论都是言之有理，即便是与我的写作愿望大相径庭的评论也是正确的。为什么？我想这就是文学阅读和批评的美妙之处。事实上没有一部小说能够做到真正完成，小说的定稿和出版只是写作意义上的完成；从阅读和批评的角度来说，一部小说是永远不可能完成或者是永远有待于完成的。文学阅读和批评就是从不同的角度出发，如同是给予世界很多的道路一样，给予一部小说很多的阐释、很多的感受。因此，文学阅读和批评的价值并不是指出了作者写作时想到的，而是指出了更多作者写作时所没有想到的。一部开放的小说，可以让不同生活经历、不同文化背景的读者获得属于自己的理解。

基于上述前提，以下我的回答虽属正版，仍然不具有权威性，纯属个人见解。因为一部小说出版以后，作者也就失去其特权，作者所有针对这部小说的发言，都只是某一个读者的发言。

我的回答由两个部分组成。第一部分是为什么我在 1980 年代的短篇小说里，有这么多的血腥和暴力；第二部分是为什么到了 1990 年代的长篇小说里，这个趋势减少了。回答这样的问题并不容易，不是因为没有答案，而是因为答案太多。我相信作为一位小说家的潘卡吉·米什拉，他知道我有很多的回答可以选择，我可以滔滔不绝地说上几天，把自己说得口干舌燥，然后发现自己仍然没有说完，仍然有不少答案在向我暗送秋波，期待着被我说出来。

经验告诉我，过多的答案等于没有答案，真正的答案可能只有一个。所以我决定只是说出其中的一个，我想可能是最重要的一个。至于是不是那个真正的答案，我不得而知。

现在我又要说故事了，这是我的强项。很久以来，我始终有一个十分固执的想法，我觉得一个人成长的经历会决定其一生的方向。世界最基本的图像就是这时候来到一个人的内心深处，如同复印机似的，一幅又一幅地复印在一个人的成长里。在其长大成人以后，不管是成功还是失败，不管是伟大还是平庸，其所作所为都只是对这个最基本图像的局部修改，图像的整体是不会被更改的。当然，有些人修改得多一些，有些人修改得少一些。我相信毛泽东的修改，肯定比我的多。

我觉得是自己成长的经历，决定了我在 1980 年代写下那么多的血腥和暴力。“文化大革命”开始时，我念小学一年级；“文化大革命”结束时，我高中毕业。我的成长目睹了一次次的游行、一次次的批斗大会、一次次的造反派之间的武斗，还有层出不穷的街头群架。在贴满了大字报的街道上见到几个鲜血淋淋的人迎面走来，是我成长里习以为常的事情。这是我小时候的大环境，小环境也同样是血淋淋的。我的父母都是医生，我和哥哥是在医院里长大的，我们在医院的走廊和病房里到处乱窜，习惯了来苏儿的气味，习惯了号叫的声音和呻吟的声音，习惯了苍白的脸色和奄奄一息的表情，习惯了沾满血迹的纱布扔在病房里和走廊上。我们的父亲时常是刚刚给患者做完手术，手术服上和口罩上血迹斑斑，就在医院里到处走动，喊叫我们的名字，要我们立刻到食堂去吃饭。

当时医院的手术室是一间简陋的平房，有时候我和哥哥会趁着护士不在手术室门外的时候，迅速地长驱直入，去看看正在给病人进行手术的父亲，看到父亲戴着透明手套的手在病人肚子上划开的口子伸进去，扒拉着里面的肠子和器官。父亲发现我们兄弟两个站在一旁偷看手术过程时，就会吼叫一声：

“滚出去！”

我们立刻逃之夭夭。

然后在 1986 年至 1989 年，我突然写下了大面积的血腥和暴力。中国的文学批评家洪治纲教授在2005年出版的《余华评传》里，列举了我这期间创作的八部短篇小说，里面非自然死亡的人物竟然多达二十九个。

这都是我从二十六岁到二十九岁的三年里所干的事，我的写作在血腥和暴力里难以自拔。白天只要写作，就会有人物在杀人，就会有人物血淋淋地死去。到了晚上我睡着以后，常常梦见自己正在被别人追杀。梦里的我孤立无援，不是东躲西藏，就是一路逃跑，往往是我快要完蛋的时候，比如一把斧子向我砍下来的时候，我从梦中惊醒了，大汗淋漓，心脏狂跳，半晌才回过神来，随后发出由衷的庆幸：

“谢天谢地！原来只是一个梦。”

可是天亮以后，当我坐在书桌前继续写作时，立刻好了伤疤忘了疼，在我笔下涌现出来的仍然是血腥和暴力。好像凡事都有报应，晚上我睡着后，继续在梦中被人追杀。这三年的生活就是这么的疯狂和可怕，白天我在写作的世界里杀人，晚上我在梦的世界里被人追杀。如此周而复始，我的精神已经来到崩溃的边缘，自己却全然不觉，仍然沉浸在写作的亢奋里，一种生命正在被透支的亢奋。

直到有一天，我做了一个漫长的梦，以前的梦都是在自己快要完蛋的时候惊醒，这个梦竟然亲身经历了自己的完蛋。也许是那天我太累了，所以梦见自己完蛋的时候仍然没有被吓醒。就是这个漫长的梦，让一个真实的记忆回来了。

先来说一说这个真实的记忆。“文革”时期的小镇生活虽然不乏暴力，可是十分的枯燥和压抑。在我的记忆里，一旦有犯人被枪毙，整个小镇就会像过节一样热闹。当时所有的审判都是通过公判大会来完成的。等待判刑的犯人站在中间，犯人胸前都挂着大牌子，牌子上写着他们所犯下的罪行，反革命杀人犯、强奸杀人犯和盗窃杀人犯等。在犯人的两旁一字排开陪斗的地主和右派，还有历史反革命和现行反革命。犯人低头弯腰站在那里，听着一个个慷慨激昂的声音对自己长篇大论的批判，批判稿的最后就是判决词。

我生活的小镇在杭州湾畔，每一次的公判大会都是在县中学的操场上进行。中学的操场挤满了小镇的居民，挂着大牌子的犯人站在操场的主席台前沿，后面坐着县革命委员会的成员，通常是由县革命委员会指定的人站在麦克风前，大声念着批判稿和最后的判决词。如果有犯人被五花大绑，身后又有两个持枪的军人威风凛凛，那么这个犯人一定会被判处死刑。

我从童年开始就站在中学的操场上了，经历了一次又一次的公判大会，听着高音喇叭里出来的激昂的声音，判决书其实是很长的批判稿，前面的部分都是毛泽东说过的话和鲁迅说过的话，其后的段落大多是从《人民日报》上抄下来的，冗长乏味，我每次都是两条腿站立得酸痛了，才会听到那个犯人是什么罪行。最后的判决词倒是简明扼要，只有八个字：

“判处死刑，立即执行！”

“文革”时期的中国，没有法院，判刑后也没有上诉，而且我们也没有听说过世界上还有一种职业叫律师。一个犯人被公判大会判处死刑以后，根本没有上诉的时间，直接押赴刑场执行枪决。

当“判处死刑，立即执行”的声音响过之后，台上五花大绑的犯人立刻被两个持枪的军人拖了下来，拖到一辆卡车上，卡车上站立着两排荷枪实弹的军人，其气势既庄严又吓人。卡车向着海边行驶，后面是上千的小镇居民蜂拥跟上，或骑车或奔跑，黑压压地涌向海边。我从童年到少年，不知道目睹了多少个判处死刑的犯人，他们听到对自己的判决那一刻，身体立刻瘫软下来，都是被两个军人拖上卡车的。

我曾经近在咫尺地看到一个死刑犯人被拖上卡车的情景，我看到犯人被捆绑在身后的双手，可怕的双手，由于绳子绑得太紧，而且绑的时间也太久，犯人两只手里面的血流早已中断，犯人的双手不再是我们想象中的苍白，而是发紫发黑了。后来的牙医生涯让我具有了一些医学知识，我才知道这样发紫发黑的手已经坏死。那个犯人在被枪毙之前，他的双手已经提前死亡。

枪毙犯人是在海边的两个地方，我们称之为北沙滩和南沙滩。我们这些小镇上的孩子跟不上卡车，所以我们常常事先押宝，上次枪毙犯人是在北沙滩，这次就有可能在南沙滩了。当公判大会刚刚开始，我们这些孩子就向着海边奔跑了，准备抢先占据有利位置，当我们跑到南沙滩，看到空无一人，就知道跑错地方了，再往北沙滩跑已经来不及了。

有几次我们几个孩子跑对了沙滩，近距离观看了枪毙犯人。

这是我童年时最为震颤的情景，荷枪实弹的军人站成一个圆形，阻挡围观的人群挤过去，一个执行枪决的军人往犯人的腿弯处踢上一脚，犯人立刻跪在了地上，然后这个军人后退几步，站在鲜血溅出的距离之外，端起了步枪，对准犯人的后脑，“砰”地开出一枪。我感到，一颗小小子弹的威力超过一把大铁锤，一下子就将犯人砸倒在地。执行枪决的军人在开出一枪后，还要走上前去，检查一下犯人是否已经死亡，如果没有死亡，还要补上一枪。当军人将犯人的身体翻转过来时，我就会看到令我全身发抖的情景，子弹从后脑进去时只是一个小小的洞眼，从前面出来后，犯人的前额和脸上破碎不堪，前面的洞竟然像我们吃饭用的碗那么大。

接下来让我的讲述回到那个漫长和可怕的梦，也就是我亲身经历自己如何完蛋的梦。这个梦发生在 1989 年年底的某个深夜，睡梦中的我被绳子五花大绑，胸前挂着大牌子，站在我们县中学操场的主席台前沿，我的身后站着两个持枪的军人，我的两旁站着陪斗的地主、右派和反革命分子，小镇名流黑笔杆子倒是没有出现在我的梦里。我梦中的台下挤满了乌云般的人群，他们的声音仿佛雨点般地响着。我听着高音喇叭里响着一个庄严的批判声，那个声音在控诉我的种种罪行，我好像犯下了很多不同种类的杀人罪，最后是判决的八个字：

“判处死刑，立即执行。”

话音刚落，一个持枪的军人从后面走到我的身旁，慢慢举起了他手中的步枪，对准了我的脑袋，我感觉枪口都顶到了我的太阳穴。接着我听到了“砰”的一声枪响，我知道这个军人开枪了。梦中的我被击倒在台上，奇怪的是我竟然站了起来，而且还听到台下嗡嗡的人声。我觉得自己的脑袋被子弹击空了，像是砸了一个洞的鸡蛋，里面的蛋清和蛋黄都流光了。梦中的我顶着一个空蛋壳似的脑袋，转过身去，对着开枪的军人大发雷霆，我冲着他喊叫：

“他妈的，还没到沙滩呢！”

然后我从梦中惊醒过来，自然是大汗淋漓和心脏狂跳。可是与以前从噩梦中惊醒的情景不一样，我不再庆幸自己只是做了一个梦，我开始被一个回来的记忆所纠缠。中学的操场，公判大会，死刑犯人提前死亡的双手，卡车上两排荷枪实弹的军人，沙滩上的枪决，一颗子弹比一个大铁锤还要威力无穷，死刑犯人后脑精致的小洞和前额破烂的大洞，沙滩上血迹斑斑……可怕的情景一幕幕在我眼前重复展现。

我扪心自问，为何自己总是在夜晚的梦中被人追杀？我开始意识到是白天写下太多的血腥和暴力。我相信这是因果报应。于是在那个深夜，也可能是凌晨了，我在充满冷汗的被窝里严肃地警告自己：

“以后不能再写血腥和暴力的故事了。”

就这样，我后来的写作像潘卡吉·米什拉所说的那样：血腥和暴力的趋势减少了。

现在，差不多二十年过去了。回首往事，我仍然心有余悸。我觉得二十年前的自己其实走到了精神崩溃的边缘，如果没有那个经历了自己完蛋的梦，没有那个回来的记忆，我会一直沉浸在血腥和暴力的写作里，直到精神失常。那么此刻的我，就不会坐在北京的家中，理性地写下这些文字；此刻的我，很有可能坐在某个条件简陋的精神病医院的床上，面对巨大的黑暗发呆。

有时候，人生和写作其实很简单，一个梦，让一个记忆回来了，然后一切都改变了。

最初的岁月

1960 年 4 月 3 日的中午，我出生在杭州的一家医院里，可能是妇幼保健医院，当时我母亲在浙江医院，我父亲在浙江省防疫站工作。有关我出生时的情景，我的父母没有对我讲述过，在我记忆中他们总是忙忙碌碌，每天都有做不完的事，我几乎没有见过他们有空余的时间坐在一起谈谈过去，或者谈谈我——他们第二个儿子出生时的情景。我母亲曾经说起过我们在杭州时的片断，她都是带着回想的情绪去说，说我们住过的房子和周围的景色，这对我是很重要的记忆，我们在杭州曾经有过的短暂生活，在我童年和少年时期一直是想象中最为美好的部分。

我的父亲在我一岁的时候，离开杭州来到一个叫海盐的县城，从而实现了他最大的愿望，成了一名外科医生。我父亲一辈子只念过六年书，三年是小学，另外三年是大学，中间的课程是他在部队里当卫生员时自学的，他在浙江医科大学专科毕业后，不想回到防疫站去，为了当一名外科医生，他先是到嘉兴，可是嘉兴方面让他去卫生学校当教务主任；所以他最后来到了一个更小的地方——海盐。

他给我母亲写了一封信，将海盐这个地方花言巧语了一番，于是我母亲放弃了在杭州的生活，带着我哥哥和我来到了海盐，我母亲经常用一句话来概括她初到海盐时的感受，她说："连一辆自行车都看不到。"

我的记忆是从"连一辆自行车都看不到"的海盐开始的，我想起了石板铺成的大街，一条比胡同还要窄的大街，两旁是木头的电线杆，里面发出嗡嗡的声响。我父母所在的医院被一条河隔成了两半，住院部在河的南岸，门诊部和食堂在北岸，一座很窄的木桥将它们连接起来，如果有五六个人同时在上面走，木桥就会摇晃，而且桥面是用木板铺成的，中间有很大的缝隙，我的一只脚掉下去时不会有困难，下面的河水使我很害怕。到了夏天，我父母的同事经常坐在木桥的栏杆上抽烟闲聊，我看到他们这样自如地坐在粗细不均，而且还时时摇晃的栏杆上，心里觉得他们实在是了不起。

我是一个很听话的孩子，我母亲经常这样告诉我，说我小时候不吵也不闹，让我干什么我就干什么，她每天早晨送我去幼儿园，到了晚上她来接我时，发现我还坐在早晨她离开时坐的位置上。我独自一人坐在那里，我的那些小伙伴都在一旁玩耍。

到了四岁的时候，我开始自己回家了，应该说是比我大两岁的哥哥带我回家，可是我哥哥经常玩忽职守，他带着我往家里走去时，会突然忘记我，自己一个人跑到什么地方去玩耍了。那时候我就会在原地站着等他，等上一段时间他还不回来，我只好一个人走回家去。我把回家的路分成两段来记住，第一段是一直往前走，走到医院；走到医院以后，我再去记住回家的路，那就是走进医院对面的一条胡同，然后沿着胡同走到底，就到家了。

接下来的记忆是在家中楼上，我的父母上班去后，就把我和哥哥锁在屋中，我们就经常扑在窗口，看着外面的景色。我们住的胡同底，其实就是乡间了，我们长时间地看着在田里耕作的农民，他们的孩子提着割草篮子在田埂上晃来晃去。到了傍晚，农民们收工时的情景是一天中最有意思的，先是一个人站在田埂上喊叫："收工啦！"然后在田里的人陆续走了上去，走上田埂以后，另外一些人也喊叫起收工的话，一般都是女人在喊叫。在一声起来、一声落下的喊叫里，我和哥哥看着他们扛着锄头，挑着空担子三三两两地走在田埂上。接下去女人的声音开始喊叫起她们的孩子了，那些提着篮子的孩子在田埂上跑了起来，我们经常看到中间有一两个孩子因为跑得太快而摔倒在地。

在我印象里，我的父母总是不在家，有时候是整个整个的晚上都只有我和哥哥两个人在家里，门被锁着，我们出不去，只有在屋里将椅子什么的搬来搬去，然后就是两个人打架，一打架我就吃亏，吃了亏就哭，我长时间地哭，等着我父母回来，让他们惩罚我哥哥。这是我最疲倦的时候，我哭得声音都沙哑后，我的父母还是没有回来，我就睡着了。

那时候我母亲经常在医院值夜班，她傍晚时回来一下，在医院食堂买了饭菜带回来让我们吃了以后，又匆匆地去上班了。我父亲有时是几天见不着，母亲说他在手术室给病人动手术。我父亲经常在我们睡着以后才回家，我们醒来之前又被叫走了。在我童年和少年时期，几乎每个晚上，我都会在睡梦里听到楼下有人喊叫："华医生，华医生……有急诊。"

我哥哥到了上学的年龄以后，就不能再把他锁在家里，我也因此得到了同样的解放。我哥哥脖子上挂着一把钥匙，背着书包，带上我开始了上学的生涯。他上课时，我就在教室外一个人玩，他放学后就带着我回家。有几次他让我坐到课堂上去，和他坐在一把椅子里听老师讲课。有一次一个女老师走过来把他批评了一通，说下次不准带着弟弟来上课，我当时很害怕，他却是若无其事。过了几天，他又要把我带到课堂上去，我坚决不去，我心里一想到那个女老师就怎么也不敢再去了。

我在念小学时，我的一些同学都说医院里的气味难闻，我和他们不一样，我喜欢闻酒精和福尔马林的气味。我从小是在医院的环境里长大的，我习惯那里的气息，我的父母和他们的同事在下班时都要用酒精擦手，我也学会了用酒精洗手。

那时候我一放学就是去医院，在医院的各个角落游来荡去的，一直到吃饭。我对从手术室里提出来的一桶一桶血肉模糊的东西已经习以为常了，我父亲当时给我最突出的印象，就是他从手术室里出来时的模样，他的胸前是斑斑的血迹，口罩挂在耳朵上，边走过来边脱下沾满鲜血的手术手套。

我读小学四年级时，我们干脆搬到医院里住了，我家对面就是太平间，差不多隔几个晚上我就会听到凄惨的哭声。那几年里我听够了哭喊的声音，各种不同的哭声，男的，女的，老的，少的，我都听了不少。

最多的时候一个晚上能听到两三次，我常常在睡梦里被吵醒；有时在白天也能看到死者亲属在太平间门口号啕大哭的情景，我搬一把小凳坐在自己门口，看着他们一边哭一边互相安慰。有几次因为好奇我还走过去看看死人，遗憾的是我没有看到过死人的脸，我看到的都是被一块布盖住的死人，只有一次我看到一只露出来的手，那手很瘦，微微弯曲着，看上去灰白，还有些发青。

应该说我小时候不怕看到死人，对太平间也没有丝毫恐惧，到了夏天最为炎热的时候，我喜欢一个人待在太平间里，那用水泥砌成的床非常凉快。在我记忆中的太平间总是一尘不染，四周是很高的树木，里面有一扇气窗永远打开着，在夏天时，外面的树枝和树叶会从那里伸进来。

当时我唯一的恐惧是在黑夜里，看到月光照耀中的树梢，尖细树梢在月光里闪闪发亮，伸向空中，这情景每次都让我发抖，我也不知道是什么原因，总之我一看到它就害怕。

我在小学毕业的那一年，应该是 1973 年，县里的图书馆重新对外开放，我父亲为我和哥哥弄了一张借书证，从那时起我开始喜欢阅读小说了，尤其是长篇小说。我把那个时代所有的作品几乎都读了一遍，浩然的《艳阳天》《金光大道》，还有《牛田洋》《虹南作战史》《新桥》《矿山风云》《飞雪迎春》《闪闪的红星》……当时我最喜欢的书是《闪闪的红星》，然后是《矿山风云》。

在阅读这些枯燥乏味的书籍的同时，我迷恋上了街道上的大字报，那时候我已经在念中学了，每天放学回家的路上，我都要在那些大字报前消磨一个来小时。到了七十年代中期，所有的大字报说穿了都是人身攻击，我看着这些我都认识都知道的人，怎样用恶毒的语言互相谩骂，互相造谣中伤对方。有追根寻源挖祖坟的，也有编造色情故事的，同时还会配上漫画，漫画的内容就更加广泛了，什么都有，甚至连交媾的动作都会画出来。

在大字报的时代，人的想象力被最大限度地发掘了出来，文学的一切手段都得到了发挥，什么虚构、夸张、比喻、讽刺……应有尽有。这是我最早接触到的文学，在大街上，在越贴越厚的大字报前，我开始喜欢文学了。

当我真正开始写作时，我是一名牙医了。我中学毕业以后，进入了镇上的卫生院，当起了牙科医生，我的同学都进了工厂，我没进工厂进了卫生院，完全是我父亲一手安排的，他希望我也一辈子从医。

后来，我在卫生学校学习了一年，这一年使我极其难受，尤其是生理课，肌肉、神经、器官的位置都得背诵下来，过于呆板的学习让我对自己从事的工作开始反感。我喜欢的是比较自由的工作，可以有想象力，可以发挥，可以随心所欲。可是当一名医生，严格说我从来没有成为过真正的医生，就是有职称的医生，当医生只能一是一、二是二，没法把心脏想象得在大腿里面，也不能将牙齿和脚趾混同起来，这种工作太严格了，我觉得自己不适合。

还有一点就是我难以适应每天八小时的工作，准时上班，准时下班，这太难受了。所以我最早从事写作时的动机，很大程度是为了摆脱自己所处的环境。那时候我最大的愿望就是能够进入县文化馆，我看到文化馆的人大多懒懒散散，我觉得他们的工作对我倒是很合适的。于是我开始写作了，而且很勤奋。

写作使我在干了五年的牙医以后，如愿以偿地进入了县文化馆。后来的一切变化都和写作有关，包括我离开海盐到了嘉兴，又离开嘉兴来到北京。

如今虽然我人离开了海盐，但我的写作不会离开那里。我在海盐生活了差不多有三十年，我熟悉那里的一切，在我成长的时候，我也看到了街道的成长，河流的成长。那里的每个角落我都能在脑子里找到，那里的方言在我自言自语时会脱口而出。我过去的灵感都来自那里，今后的灵感也会从那里产生。

现在，我在北京的寓所里，根据中国社会科学出版社的要求写这篇自传时，想起了几年前的一件事，那时我刚到县文化馆工作，我去杭州参加一个文学笔会期间，曾经去看望黄源老先生，当时年近八十的黄老先生知道他家乡海盐出了一个写小说的年轻作家后，曾给我来过一封信，对我进行了一番鼓励，并要我去杭州时别忘了去看望他。

我如约前往。黄老先生很高兴，他问我家住在海盐什么地方？我告诉他住在医院宿舍里。他问我医院在哪里？我说在电影院西边。他又问电影院在哪里？我说在海盐中学旁边。他问海盐中学又在哪里？

我们两个人这样的对话进行了很久，他说了一些地名我也不知道，直到我起身告辞时，还是没有找到一个双方都知道的地名。同样一个海盐，在黄源老先生那里，和在我这里成了两个完全不同的记忆。

我在想，再过四十年，如果有一个从海盐来的年轻人，和我坐在一起谈论海盐时，也会出现这样的情况。

爸爸出差时

我第一次看到埃米尔·库斯图里卡的电影是什么时候？应该是1994年，我的记忆有一个重要依据，就是我儿子刚出生不久。一位中国的导演借给我一盒录像带，说你应该看看这部来自南斯拉夫的电影。就这样，我在家里看了《爸爸出差时》，没有中文字幕，里面人物的台词我完全听不懂，可是我觉得自己看懂了。过了几年，我在北京街头的地摊上翻找VCD电影时，突然看到有中文字幕的《爸爸出差时》，还有库斯图里卡的另一部电影《地下》。我拿回家重新看了《爸爸出差时》，屏幕下方一行一行出现的中文字幕证实了我几年前的感觉，当时我确实看懂了。

我在中国“文革”时期的成长经历让我迅速抵达《爸爸出

差时》的社会背景。那时候我背着书包去小学路上最担心的就是看到街上出现打倒我父亲的标语，一天又一天的担心之后，这样的标语终于出现了。当时我和哥哥正一起走向学校，看到标语后我畏缩不前，不敢走向已经不远的校门，比我大两岁的哥哥若无其事，他说怕什么。他勇敢地走向学校，可是还没有走到校门口他就转身回来了，走到我跟前说，老子也不上学了。我哥哥确实比我勇敢，他第二天还是照常去上学，我请病假在家里躲了几天，然后提心吊胆地去了学校，我不知道同学们会以什么样的方式对待我。当我小心翼翼地走进校门、走到操场上时，几个同学奔跑过来，热情地向我喊叫，你病好啦。那一刻我被解放了，压抑已久的恐惧和不安瞬间消散，我奔跑过去，跑到同学们中间，加入到应得的生活之中。

我父亲很幸运，没有被关押，他被发配到了农村。就像《爸爸出差时》中孩子跟着母亲去父亲那里，我和哥哥也去了乡下看望父亲，不同的是我们没有坐火车，也不是母亲带我们去——她不能离开工作，就请一位同事带我们坐上轮船去了乡下。那是在中国南方河流里行驶的轮船，大概有五六十个座位，前行的速度很慢，只是比岸上行走的人稍快一些而已。我记得自己不时走上船头，迎着风吹，惊讶地看着轮船划出的波浪，还有远处广阔的田野。那位阿姨担心我会掉进河里，把我抱回船舱，不过趁她不注意时，我又会走上船头，接着又被她抱了回来。

我在看没有中文字幕和有中文字幕的《爸爸出差时》时，也是在看一部有关自己往事的纪录片。所以我要说，一部伟大的电影后面存在着千万部电影，不同的观众带着不同的人生经历和生活感受去与这部电影接触碰撞，发出共鸣之声。这样的共鸣之声或多或少，有时候是一两句台词，有时候是一两场戏，有时候甚至是整个故事。这共鸣之声也是引诱之声，引诱观众置身于电影之中，将自己的人生加入别人的人生里，观众会感到自己的人生豁然开朗，因为这时候别人的人生也加入自己的人生里了。所以一部伟大的电影会让观众在各自的记忆和情感里诞生出另外一部电影，虽然这部电影是残缺不全的，有时候可能只是几个画面和几句台词，但是足够了。

我的意思是每个人在自己的现实世界之外，都拥有一个虚构世界，很多的情感、欲望和想象存放在那里，期待被叫醒，电影、文学、音乐、美术，所有形式的艺术如同叫醒闹钟，让人们虚构世界里的情感、欲望和想象获得起床出门的机会。然后虚构世界开始修改现实世界，现实世界也开始修改虚构世界，这样的相互修改之后，人生不知不觉丰满宽广起来，并且存储在记忆之中。当然记忆会有误差，误差是在相互修改过程中出现的，也是在时代差异、文化差异、人的差异等差异之中出现的。

举个例子，一位中国的文学博士想见我，请他的导师联系上了我，我们在一家街边的茶馆见面了，他提出来要做一个简短的访谈，我说可以。访谈的时候，有一个话题是关于作家写作时如何把握叙述分寸，我提到了纳博科夫的《洛丽塔》，我说亨伯特为了得到洛丽塔采用的伎俩是和洛丽塔的母亲结婚，亨伯特一直想着洛丽塔的母亲怎样死去，我觉得纳博科夫也一直在想如何让这位母亲死去，如果她不死的话，亨伯特无法得到洛丽塔，纳博科夫也无法写下去，所以她在小说里死了，一个简单的细节让她死了——她读到了亨伯特狂热色情的日记，才知道亨伯特的目标不是她，是她女儿洛丽塔，她情绪失控夺门而出，冲到街上时被一辆卡车撞死了。这样的处理似乎是一些平庸电视剧和平庸小说里的处理，不应该是纳博科夫这种级别作家写出来的，但是没有问题，纳博科夫毕竟是纳博科夫，他在此前的叙述里做了不少铺垫，让亨伯特在想象里一次次弄死洛丽塔的母亲，比如一起游泳时如何潜水过去拉住她的双腿，把她拉进水里淹死，造成她游泳时不慎溺亡的假象。纳博科夫应该觉得这样还不够，在车祸之后又让那个卡车司机带着一块小黑板来到家里，一边用粉笔画车祸现场图，一边向亨伯特解释那不是他的责任。我告诉这位文学博士，这个车祸之后的小黑板的细节尤其重要，让这个车祸之死处理变得与众不同了。

这位文学博士回去把访谈录音整理出来发给我，同时在邮件里告诉我，他查了小说《洛丽塔》，那个卡车司机不是带着一块小黑板来到亨伯特面前，是带了自制事故图。这位文学博士觉得我记忆误差里的小黑板比自制事故图更有意思，他想在访谈里保留小黑板。我同意他的意思，如果从中国读者的角度来看，小黑板确实比自制事故图更有意思，可是对于英美读者来说也许自制事故图更有意思。我给这位文学博士回信，说我们还是应该尊重纳博科夫的原作，把访谈里的小黑板改回自制事故图。

还有一个记忆误差的例子我待会再说，我现在继续说说自己的“文革”往事。在那个压抑并且摧残人性的时代里，我目睹了很多不幸，经常有同学的父亲或者母亲突然被打倒了，有的被关押起来，有的被批斗游街，这些同学背着书包来到学校时都是低头不语的模样，然而没过多久，他们就忘记了发生在昨天的父母的不幸，汇入操场上我们的嬉闹之中。有一个同学的遭遇我至今历历在目，我忘记了他父亲是因为什么罪名被打倒的，在经历了日复一日的批斗游街和羞辱殴打之后，这位父亲决定离开人世。我在他临死那天的黄昏见到了他，他从街上走过来，右手搂着他的儿子，脸上留下被殴打过的瘀青，他微笑着和儿子说话，他儿子正在吃着什么，显然是父亲刚刚给他买的，他们与我迎面而过，他的儿子，也就是我的同学正沉浸在自己的美味里，没有看见我。第二天这个同学哭泣着来到了学校，我们才知道他父亲在深夜时分，趁着家人睡着时悄悄出门，投井自杀了。这一天他一直在哭泣，无声地哭泣。那时候女同学热衷玩跳绳，男同学热衷打乒乓球，不是在正式的乒乓球桌打球，只是一个长桌子，中间用砖排成球网，男同学们在长桌子的两端排成长队，每人只能打一个球，输了的下去，赢了的继续打球。我们向着这个哭泣的同学喊叫，要他也来排队打球。他走了过来，排队时仍在哭泣，轮到他打球时不哭了，他赢下一球，又赢下一球后，我们听到了他的笑声。

生活是那么的强大，它时常在悲伤里剪辑出欢乐来。这就是我为什么喜爱《爸爸出差时》，因为库斯图里卡剪辑出了生活里最为强大的部分，然后以平凡的面貌呈现出来。我记得有两场戏，一场戏是梅沙和妻子激烈吵架，似乎家庭就要破裂了，如果我没有记错，库斯图里卡给大儿子一个流泪的特写，极其感人的特写，接下去的一场戏是一家人并排坐在床上快乐地唱歌，坐在中间的梅沙拉着手风琴。我在没有中文字幕的版本里看到这连接的两场戏时深受触动，后来在有中文字幕的版本里看到时再次深受触动。我一直在想，只有对生活有着非凡洞察力的导演，才能让生活呈现出非凡的表现力。还有一场戏，妻子带着儿子坐火车前去监狱看望丈夫梅沙，晚上入睡之时，给经常梦游的小儿子马力克脚上系上绳子，绳子另一头挂着一只铃，这样马力克一下床他们就能听到铃声。夫妻久别重逢，欲火燃烧，用中国的俗话说就是干柴遇上烈火，梅沙把水龙头打开，让水声来掩盖他们接下去做爱的声响，可是他们刚刚进入热身阶段，马力克就来捣乱了，动动脚让铃声响起来，他们只好起身去看看儿子，当妻子终于让马力克入睡，回来时看到丈夫梅沙已经睡着了，好比干柴看到烈火睡着了。库斯图里卡没有在电影里着力表现梅沙在监狱里繁重的体力劳动和来自精神的压力，他的睡着已经说明了这一切。当然这场戏所表现出来的远不止这个，我意识到用文字复述库斯图里卡的电影是多么无趣的工作，我硬着头皮讲述是为了接下来说一下我所理解的“生活的强大”。生活的强大是如何在艺术作品中表现出来的？不是庞然大物招摇过市，而是在微小之处脱颖而出。

我有机会说说另一个记忆误差的例子了。马尔克斯的《霍乱时期的爱情》，这本书在20世纪80年代就被翻译成中文出版了，当时中国还没有加入《伯尔尼公约》，所以是一本没有版权的出版物，后来没再重印。2012年终于正式出版，出版商邀请我参加这部小说的读者见面会，我根据二十多年前的阅读记忆，向中国年轻一代读者讲述这部小说里的一个细节。

我说马尔克斯用沉着冷静的笔调描写了阿里萨和达萨年轻时期的爱情，读者阅读的时候却是热血沸腾，两个年轻人爱到宁愿死去也不愿意分开，可是小说开始我们就知道他们的爱情会中途夭折，他们是怎么分开的？达萨的父亲威胁阿里萨要杀了他，阿里萨却骄傲地说没有比为爱情而死更光荣的事了，父亲只好带着达萨远走他乡，可是仍然阻止不了他们之间联系，这位父亲用电报把行程告诉了亲戚，行程被泄露了出去，作为电报员的阿里萨把各地的电报员联络到一起，于是一份份爱情的电报来到两个年轻人手上。差不多过了三年，父亲觉得达萨已经忘记阿里萨了，决定回家。马尔克斯的描写将他们的爱情推向了巨大的高潮，当读者觉得他们已经不可能分开时，马尔克斯用微小的方式将他们分开了：回家的达萨和女仆去市场采购，阿里萨看见了她，尾随其后，马尔克斯用几页纸来描写这个激动人心的时刻，当市场里的男人们用色眯眯的眼睛盯着美丽的达萨时，阿里萨因此脸部扭曲了，这时达萨刚好回头看见了阿里萨的可怕表情，心想天哪，三年来日夜思念的竟然是这样一个男人。马尔克斯这么轻轻一笔就推翻了强大的爱情。

我说完以后，一位同样应邀参加读者见面会的西班牙语文学专家，我的一个老朋友，他熟悉马尔克斯的作品，笑着对我说，你说的这个细节是你的《霍乱时期的爱情》，不是马尔克斯的《霍乱时期的爱情》。

确实如此，正确的应该是达萨走进了“代笔人门廊”，那是一个充斥着淫秽明信片、春药和避孕套的藏污纳垢的地方，这不是体面小姐该去的地方，达萨不知道这些，她是为了躲避中午的烈日走了进去，阿里萨紧随其后，她兴高采烈地走在门廊里，买了这个又买那个，她听到了阿里萨的声音，阿里萨说这不是你这样的女神该来的地方。达萨回头看到阿里萨冰冷的眼睛、紫青的脸色和僵硬的双唇，这是被爱情震撼之后的恐惧表情，达萨却因此掉入了失望的深渊，那一刻她突然感到此前铭心刻骨般的爱只是对自己撒了一个弥天大谎。当阿里萨笑了笑想和她走在一起时，她阻止了他，说忘了吧。

我的记忆总是出现误差，没有关系，就如我在前面所说的，一部伟大的作品后面存在着千万部作品，这千万部作品就是由各自不同的误差生产出来的。我在这里讲述《爸爸出差时》也同样如此，我有近二十年没再看过这部电影了，录像带版早就还给了那位中国导演，VCD版也已经没有机器可以播放，可是我还想再说说《爸爸出差时》。

我十分迷恋胖乎乎的马力克的梦游情景，我觉得这孩子走在神行走的路上，那条狗的突然入画可谓神来之笔。艺术家经常会为神来之笔倍感骄傲，觉得自己有多么了不起。当然他们有理由骄傲，但是我更愿意相信这是一种恩赐，是对才华和辛勤创作的恩赐。

亲爱的库斯图里卡，请你不要告诉我这条狗是你拍摄前让道具组找来的，即使你这么说，我仍然认为这条狗是意外入画，因为我现在所说的不是二十多年前那位中国导演从欧洲某个城市带到北京的《爸爸出差时》，这是我用近二十年的记忆存储之后从北京带到贝尔格莱德的《爸爸出差时》。

可乐和酒

对我儿子漏漏来说，“酒”这个词曾经和酒没有关系，它表达的是一种有气体发甜的饮料。开始的时候，我忘记了具体的时间，可能漏漏一岁四五个月左右，那时候他刚会说话，他全部的语言加起来不会超过二十个词语，不过他已经明白我将杯子举到嘴边时喝的是什么，他能够区分出我是在喝水还是喝饮料，或者喝酒，当我在喝酒的时候，他就会走过来向我叫道：“我要喝酒。”

他的态度坚决而且诚恳，我知道自己没法拒绝他，只好欺骗他，给他的奶瓶里倒上可乐，递给他：“你喝酒吧。”

显然他一下子就喜欢上了这种饮料，并且将这种饮料叫作“酒”。我记得他第一次喝可乐时的情景，他先是慢慢地喝，接着越来越快，喝完后他将奶瓶放在那张小桌子上，身体在小桌子后面坐了下来，他有些发呆地看着我，显然可乐所含的气体在捣乱了，使他的胃里出现了十分古怪的感受。接着他打了一个嗝，一股气体从他嘴里涌出，他被自己的嗝弄得目瞪口呆，他不知道发生了什么，睁圆了眼睛惊奇地看着我，然后他脑袋一抖，又打了一个嗝，他更加惊奇了，开始伸手去摸自己的胸口，这一次他的胸口也跟着一抖，他打出了第三个嗝。他开始慌张起来，他可能觉得自己的嘴像是枪口一样，嗝从里面出来时，就像是子弹从那地方射出去。他站起来，仿佛要逃离这个地方，仿佛嗝就是从这地方钻出来的，可是等他走到一旁后，又是脑袋一抖，打出了第四个嗝。他发现嗝在紧追着他，他开始害怕了，嘴巴出现了哭泣前的扭动。

这时候我哈哈笑了起来，他的样子实在是太可爱了，让我无法忍住自己的笑声。看到我放声大笑，他立刻如释重负，他知道自己没有危险，也跟着我放声大笑，而且尽力使自己的笑声比我响亮。

就这样，可乐成了他喜爱的“酒”，他每天都要发出这样的喊叫：“我要喝酒。”同时他每天都要体会打嗝的乐趣，就和他喜欢喝“酒”一样，他也立刻喜欢上了打嗝。

我的儿子错将可乐作为酒，一直持续到两岁多。他在海盐生活了三个月以后，在我接他回北京的那一天，我的侄儿阳阳将他带到一间屋子里，过了一会儿，他突然哭喊着跑了出来，双手使劲扯着自己的衣领，像是自己的脖子被人捏住似的紧张，他扑到了我的身上，我闻到了他嘴里出来的酒味，然后看到我的侄儿阳阳一脸坏笑地从那间屋子里走出来。

我的侄儿比漏漏大七岁，他知道漏漏每天都要喝的“酒”其实是可乐，所以他蒙骗了漏漏，当他将白酒倒在瓶盖里，告诉漏漏这是酒的时候，其实是在骗他这就是可乐。我的漏漏喝了下去，这是他第一次将酒作为酒喝，而且还是白酒，酒精使他痛苦不堪。

同一天下午，我和漏漏离开了海盐，来到上海。在上海机场候机的时候，我买了一杯可乐给漏漏，问他：“要不要喝酒？”上午饱受了真正的酒的折磨后，我的漏漏连连摇头，他不要喝酒。这时候对漏漏来说，酒的含义不再是有气体的发甜的饮料，而是又辣又烫的东西。

我问了他几次要不要喝酒，他都摇头后，我就问他：“要不要喝可乐？”他听到了一个新的词语，和“酒”没有关系，就向我点了点头。当他拿杯子喝上可乐以后，我看到他一脸的喜悦，他发现自己正在喝的可乐，就是以前喝的“酒”。我告诉他：“这就是可乐。”他跟着重复：“可乐、可乐……”

我的漏漏总算知道他喜爱的饮料叫什么名字了。此前很长的时间，他一直迷失在词语里，这是我的责任，我从一开始就误导了他，混淆了两个不同的词语，然后是我的侄儿跟随我也蒙骗了他，有趣的是我侄儿对漏漏的蒙骗，恰好是对我的拨乱反正，使漏漏在茫茫的词语中找到了方向。可乐和酒，漏漏现在分得清清楚楚。

医院里的童年

我童年的岁月在医院里。我的父亲是一位外科医生，母亲是内科医生。我没有见到过我的祖父和祖母，他们在我出生前就去世了，而我的外公和外婆则居住在另外的城市。在我的记忆里，外婆从来没有来过我们的县城，只有外公隔上一两年来看望我们一次。我们这一代人有一点比较类似，那就是父母都在忙于工作，而祖辈们则在家清闲着，于是他们理所当然地照看起了孩子，可是我没有这样的经历。对我来说，外公和外婆的存在，主要是每个月初父母领工资时，母亲都要父亲给外公他们寄一笔钱。这时候我才会提醒自己：我还有外公和外婆，他们住在绍兴。

与我的很多同龄人不一样，我和我哥哥没有拉着祖辈们的衣角成长，而是在医院里到处乱窜，于是我喜欢上了病区走廊上的来苏儿的气味，而且学会了用酒精棉球擦洗自己的手。我经常看到父亲手术服上沾满血迹地走过来，对我看上一眼，又匆匆走去，繁忙的工作都使他不愿意站住脚和我说上一两句话。这方面我母亲要好些，当我从她的内科门诊室前走过时，有时候她会叫住我，没有病人的时候我还可以在她身边坐上一会儿。

那时候我还没有上小学，我记得一座木桥将我父母工作的医院隔成两半，河的南岸是住院部，门诊部在河的北岸，医院的食堂和门诊在一起。夏天的傍晚，我父亲和他的同事们有时会坐在桥栏上聊天。那是一座有人走过来就会微微晃动的木桥，我看着父亲的身体也在晃动，这情景曾经让我胆战心惊，不过夏季时晚霞让河水泛红的景色至今令我难忘。我记得自己经常站在那里，双手抓住桥栏看着下面流动的河水，我在河水里看到了天空如何从明亮走向黑暗的历程。

我清楚地记得有一天我父亲上班时让我跟在他的身后，他在前面大步流星地走着，而我必须用跑步的速度才能跟上他。到了医院的门诊部，他借了医院里唯一的一辆自行车，让我坐在前面，他骑着自行车穿过木桥，在住院部转了一圈，又从木桥上回到了门诊部，将车送还以后，他就走进了手术室，而我继续着日复一日的在医院里的游荡生活。

这是我童年里为数不多的奢侈的享受，原因是有一次我吃惊地看到父亲骑着自行车出现在街上，我的哥哥就坐在后座上，这情景使我伤心欲绝，我感到自己被抛弃了，是被幸福抛弃。

我不知道自己流出了多少眼泪，提出了多少次的请求，最后又不知道等待了多少日子，才终于获得那美好的时刻。当自行车从桥上的木板驶过去时，发出了嘎吱嘎吱的响声，这响声让我回味无穷，能让我从梦中笑醒。

在医院游荡的时候，我和我的哥哥经常在手术室外活动，因为那里有一块很大的空地，阳光灿烂的时候总是晾满了床单，我们喜欢在床单之间奔跑，让潮湿的床单打在我们脸上。这也是我童年经常见到血的时候，我父亲每次从手术室出来时，身上都是血迹斑斑，即使是口罩和手术帽也都难以幸免。而且手术室的护士几乎每天都会从里面提出一桶血肉模糊的东西，将它们倒进不远处的厕所里。

有一次我们偷了手术室的记事本，那是一本硬皮的记事本，我们并不知道它的重要，只是因为喜欢它坚硬的封皮，就据为己有。那时候的人生阅历已经让我们明白不能将它拿回家，于是我们在手术室外撬开了一块铺地砖，将记事本藏在了下面。结果引起了手术室一片混乱，他们在一夜之间失去了一年的记录，有几天他们翻箱倒柜地寻找，我哥哥也加入了进去，装模作样地和他们一起寻找。我哥哥积极的表现毫无用处，当他们意识到无法找回记事本时，就自然地怀疑起整日在那里游手好闲的我们。

于是审问开始了，他们先从我哥哥那里下手，我哥哥那时候已经知道问题有多么严重了，所以他坚决否认，一副宁死不屈的模样。接下来就轮到我了，他们叫来了我们的母亲，让她坐在我的身边，手术室的护士长说几句话就会去看我的母亲，我母亲也就跟着她的意思说。有几次我差点要招供了，因为那个平时很少理睬我们的护士长把我捧上了天，她说我聪明、懂事、听话、漂亮，凡是她想起来的赞美之词全部用上了，我从来没有一下子听到这么多甜蜜的恭维，我被感动得眼泪汪汪，而且我母亲的神态似乎也在鼓励我说出真相。如果不是我哥哥站在一旁凶狠地看着我，我肯定抵挡不住了，我实在是害怕我哥哥对我秋后算账。

后来，他们很快忘记了那个记事本，就是我们这两个小偷也忘记了它，我想它很可能在那块正方的地砖下面腐烂了，融入泥土之中。当那个护士长无可奈何地站起来时，我看到自己的母亲松了一口气，这情景时隔三十多年以后，在我眼前依然栩栩如生。

“文革”开始后，手术室外面的空地上搭起了一个礼堂一样大的草棚，医院所有的批斗会都在草棚里进行，可是这草棚搭起来没多久就被我们放了一把火烧掉了。我们在草棚旁玩消防队救火的游戏，我哥哥划一根火柴点燃草棚的稻草，我立刻用尿将火冲灭。可是我们忘记了自己的尿无法和消防队的水龙头相比，它可以源源不断，而我们的尿却无法接二连三。当我哥哥第二次将草棚点燃，吼叫着让我快撒尿时，我只能对他苦笑了。

星星之火，可以燎原。当火势熊熊而起时，我哥哥拔腿就跑，我却站在那里不知所措，我看着医院里的人纷纷跑了出来，我父亲提着一桶水冲在最前面，我立刻跑过去对我父亲说：这火是我哥哥放的。

我意思是想说这火不是我放的，我的声音十分响亮，在场的人都听到了。当时我父亲只是“嗯”了一声，随后就从我身旁跑了过去。后来我才知道当初的那句话对我父亲意味着什么，那时候他正在被批斗，好不容易遇上一个救火当英雄的机会，结果一个浑小子迎上去拦住他，说了这么一句足可以使他萌生死意的话。

我母亲将我和我哥哥寄住到他们的一位同事家中，我们在别人的家中生活了近一个月。这期间我父亲历尽磨难，就是在城里电影院开的批斗会上，他不知道痛哭流涕了多少次，他像祥林嫂似的不断表白自己，希望别人能够相信他，我们放的那把火不是他指使的。

一个月以后，母亲将我们带回家。一进家门，我们看到父亲穿着衣服躺在床上，母亲让我们坐在自己床上，然后走过去对父亲说：他们来了。我父亲答应了一声后，坐起来，下了床，他提着一把扫帚走到我们面前，先让我哥哥脱了裤子扑在床上，然后是我。我父亲用扫把将我们的屁股揍得像天上的彩虹一样五颜六色，使我们很长时间都没法在椅子上坐下来。

从此，我和我哥哥名声显赫起来，县城里几乎所有的孩子都知道向阳弄里住着两个纵火犯。而且我们的形象上了大字报，以此告诫孩子们不要玩火。我看到过大字报上的漫画，我知道那个年龄小的就是我，我被画得极其丑陋，当时我不知道漫画和真人不一样，我以为自己真的就是那么一副嘴脸，使我在很长时间里都深感自卑。

我读小学以后，我们家搬进了医院的宿舍楼，宿舍就建立在我们的纵火之地，当时手术室已经搬走，原先的平房改成了医院总务处和供血室，同时又在我家对面盖了一幢小房子，将它作为太平间，和厕所为邻。

后来的日子，我几乎是在哭泣声中成长。那些因病逝去的人，在他们的身体被火化之前，都会在我窗户对面的太平间里躺上一晚，就像漫漫旅途中的客栈，太平间以无声的姿态接待了那些由生向死的匆匆过客，而死者亲属的哭叫声只有他们自己可以听到。

当然我也听到了。我在无数个夜晚里突然醒来，聆听那些失去亲人以后的悲痛之声。居住在医院宿舍的那十年里，可以说我听到了这个世界上最为丰富的哭声，什么样的声音都有，到后来让我感到那已经不是哭声，尤其是黎明来临时，哭泣者的声音显得漫长持久，而且感动人心。我觉得哭声里充满了难以言传的亲切，那种疼痛无比的亲切。有一段时间，我曾经认为这是世界上最为动人的歌谣。

就是那时候我发现，很多人都是在黑夜里逝去的。白天的时候，我上厕所经常从太平间的门口走过，我看到里面只有一张水泥床，显得干净整洁。有时候我会站在自己的窗口，看着对面那一间有些神秘的小屋，它在几棵茂盛的大树下。

那时夏天的炎热难以忍受，我经常在午睡醒来时，看到草席上汗水浸出来的自己的体形，有时汗水都能将自己的皮肤泡白了。于是有一次我走进了对面的太平间，我第一次发现太平间里极其凉爽，我在那张干净的水泥床上躺了下来。在那个炎热的中午，我感受的却是无比的清凉，它对于我不是死亡，而是幸福和美好的生活。后来，我读到了海涅的诗句，他说："死亡是凉爽的夜晚。"

长大成人以后，我读到过很多回忆录，我注意到很多人的童年都是在祖父或者外婆们的身旁度过的，而我全部的童年都在医院里，我感到医院养育和教导了我，它就是我出生前已经逝去的祖父和祖母，就是我那在"文革"中逝去的外公，就是十来年前逝去的外婆。如今，那座医院也已经面目全非，我童年的医院也已经逝去了。

恐惧与成长

我儿子漏漏八个月的时候，还不会走路，刚刚学会在地毯上爬，于是我经常坐在椅子里，看着他在地毯上生机勃勃地爬来爬去，他最有兴趣的地方是墙角和桌子下面。他爬到墙角时就会对那里积累起来的灰尘充满了兴趣，而到了桌子下面他就会睁大眼睛，举目四望，显然他意识到四周的空间一下子变小了。

我经常将儿子的所有玩具堆在地毯上，让他在那里自己应付自己，我则坐在一旁写作。有一次，他爬到墙角，在那里独自玩了一会儿后，突然哭叫起来，我回头一看，他正慌张地向我爬过来，脸上充满了恐惧和眼泪，爬到我面前后，他嘴里呜呜叫着，十分害怕地伸手去指那个墙角。我把他抱起来，我不知道那个墙角出现了什么，使我的儿子如此恐惧，当我走到墙角，看到地毯上有一截儿子拉出来的屎，我才知道他为什么这么害怕了。

在我的记忆里，这是儿子第一次因为恐惧而哭叫，把他吓一跳的是他自己的屎。在此之前，儿子的每一次哭叫不是因为饥饿，就是哪儿不舒服了，他的哭叫只会是为了生理的原因，而这一次他终于因为心理的原因而哭泣了，他在心里感受到了恐惧，与此同时他第一次注意到了自己的排泄物，第一次接受了这个叫作“屎”的词。当我哈哈笑着告诉他发生了什么，他慢慢舒展过来的表情也在回答我：他开始似懂非懂了，他不再害怕了。

这是发自肺腑的恐惧，与来自教育的恐惧不同，来自教育的恐惧有时就是成年人的恫吓，常常是为了制止孩子的某些无理取闹，于是虚构出一些不存在的恐惧，比如我经常为了让他安静下来，告诉他：“怪物来了。”他的脸上立刻就会出现肃然起敬的表情，环顾左右以后将身体缩进了我的怀里。

有一次他独自走进了厨房，看到一只从冰箱里取出来正在化冻的鸡以后，脸色古怪地回到了我的面前，轻声告诉我：“有怪物。”然后小心翼翼地拉着我去看那化冻的“怪物”。我才发现他所恐惧的怪物，已经在他心里留下了固定的体积和形状，已经成了源泉，让我的儿子源源不断地自我证实这样的恐惧，同时对他内心的成长又毫无益处。

但是那些自发的恐惧不一样，这样的恐惧他总是能够自己克服，每一次的克服都会使内心得到成长。他对世界的了解，那些真正属于自己的了解，就是在不断的恐惧和不断的克服中完成，一直到他长大成人，甚至到他白发苍苍，都会有这样的恐惧陪伴他。就像我对树梢在月光里闪烁时的恐惧，这种恐惧在我童年里就已经开始了，当我走在夜晚里，当我抬头看到树梢在月光里发出寒冷的光芒时，我就会不寒而栗，就会微微发抖。直到现在，我仍然为自己保存着这样的恐惧。

从那一次自己把自己吓了一跳以后，我注意到儿子的恐惧与日俱增。有一次我抱着他去京西宾馆看望《收获》杂志的朋友，走进电梯时他没有看到门是怎样关上的，当我们准备出去时，他的双手正摸着电梯的门，这时电梯的门突然打开了，把他吓得转身紧紧抱住了我，小小的身体瑟瑟发抖。当我们走出电梯后，他睁大眼睛，满脸疑惑地看着电梯的门又出现了，并且是迅速地合上。他再一次转身紧紧抱住了我。对他来说，电梯的门没有打开和合上的过程，而是突然消失和突然回来，就像是神话一般，不像是现实。后来，当他会说话了，我再抱着他走进电梯时，他就显得从容不迫了，电梯的门打开时，他会说："门开啦。"走出电梯，门合上时，他会说："门关上啦。"

儿子两岁的时候，我把他带到了浙江海盐，他在爷爷和奶奶身边生活了三个月，到了年底，我去海盐把他接回北京。我们是在上海坐上飞机回来的，这是他第四次坐飞机，前面三次都是在中午的时候上的飞机，飞机起飞时他就睡着了，一直到飞机降落时他才醒来。这一次情况不一样了，我们是下午四点钟的时候上的飞机，他在海盐到上海的汽车里已经睡足了，所以一进入候机楼，他就显得生机勃勃，两只手东挥西指的，让我抱着东奔西走，他随时都会改变手指的方向，我也得随时改变行走的方向。这样胡乱走了一会儿后，他看到了楼外停机坪上的飞机，于是他的手指从此以后就变得坚定不移了，他指着楼外的飞机，嘴里反复叫着“飞机”这个词语，要我立刻把他抱到飞机面前，为了增加自己的力量，他开始哭和叫。我告诉他，一次又一次地告诉他，现在还没有到上飞机的时间，他不仅没有安静下来，在哭叫里又加上了手舞足蹈。我只好把他放到地上，让他走到挡住我们的那块玻璃前，告诉他玻璃挡住了我们，我们没有办法过去。他伸手一摸，摸到了那块玻璃，当他确信我说的话是正确时，就愤怒地抬脚猛踢那块玻璃。

他在候机楼里就让我疲惫不堪了，总算等到了上飞机的时间，看到我抱着他慢慢地走近飞机，他开始安静下来，开始惊喜地看着四周的变化。我们走入了机舱，我把他放在靠窗的座位上，他两岁以后开始有自己的座位了。他坐下后又爬起来，跪在椅子上，看着窗外的另外一架飞机，激动不已，一定要我和他一起看着那一架飞机，我的加入增加了他的欢乐。

然后飞机滑行了，他扭过头来惊喜地说：“飞机飞啦。”随后双手试图抓住飞机的窗沿，眼睛看着外面，嘴里兴奋地不停喊叫着：“飞机飞啦，飞机飞啦……”

当飞机脱离跑道，真正飞起来时，我的儿子叶公好龙了，飞机突然拉高起飞的那一刻，恐惧也在他心里起飞了，他转身扑向了我，嘴里尖声叫起来："爸爸，不要飞机，我们走。"

飞机都飞上了天空，我的儿子却决定要下飞机了，真让我哭笑不得。我儿子又哭又叫，反复说着"不要飞机，我们走"这样的话，我告诉他这时候不要飞机已经晚了，这时候谁都不能不要飞机了，我儿子于是使劲地喊叫："救命啊，救命啊……"

我都不知道他是从哪里学来的这个词组，我第一次听到他这样喊叫就是在飞机上。他又哭又闹了十来分钟，飞机的飞行开始平稳了，他也开始安静下来，他告诉我："爸爸，裤子湿啦。"

我一摸他的裤子，才知道他刚才尿都吓出来了。他暂时忘记了飞机的事，提出了新的要求："爸爸，换裤子。"

他的衣服都放在已经托运的箱子里，我告诉他不用换了，过一会儿裤子就会自己干的，可是他一定要换裤子，并且同样以哭闹来加强他词语的力量。正当我手足无措的时候，飞机遇上气流摇摆起来，他马上就想起来自己还没有下飞机，于是又叫了起来："不要飞机，爸爸，我们走。"看到我没有站起来走的意思，他就喊叫："救命啊，救命啊……"

从上海到北京的一个半小时的飞行里，我的儿子不是要求下飞机，就是要求换裤子，而我怎么也不能令他满意，我的软硬兼施和废话连篇只能让他安静片刻。当我竭尽全力刚刚将他的注意力引开，飞机又遇上气流了，要不就是他又发现自己的裤子是湿的。我儿子哭闹的高潮是飞机在北京机场下降的时候，我看到他的眼睛里充满了恐惧，飞机的急速下降使他的恐惧急速上升，他的嗓子都嘶哑了，他仍然喊叫着："救命啊，救命啊……”

当飞机接触到了地面，开始滑行时，我提起窗盖，我告诉他：“现在不是飞机了，现在是汽车了。”

他听到我的话以后，胆战心惊地转过头去，试探地看了两眼，当他看到窗外的景色在平行地滑过去时，他从记忆里唤醒了来自汽车的感受，他破涕为笑了。恐惧从他眼中消失，欢乐开始在他眼中闪亮，他惊喜地对我说：“现在是汽车啦。”

父子之战

我对我儿子最早的惩罚是提高自己的声音，那时他还不满两岁，当他意识到我不是在说话，而是在喊叫时，他就明白自己处于不利的位置了，于是睁大了惊恐的眼睛，仔细观察着我进一步的行为。当他过了两岁以后，我的喊叫渐渐失去了作用，他最多只是吓一跳，随即就若无其事了。我开始增加惩罚的筹码，将他抱进了卫生间，狭小的空间使他害怕，他会在卫生间里哇哇大哭，然后就是不断地认错。这样的惩罚没有持续多久，他就习惯卫生间的环境了，他不再哭叫，而是在里面唱起了歌，他卖力地向我传达这样的信号——我在这里很快乐。接下去我只能将他抱到了屋外，当门一下子被关上后，他发现自己面对的空间不是太小，而是太大时，他重新唤醒了自己的惊恐，他的反应就像是刚进卫生间时那样，号啕大哭。可是随着抱他到屋外次数的增加，他的哭声也消失了，他学会了如何让自己安安静静地坐在楼梯上，这样反而让我惊恐不安，他的无声无息使我不知道外面发生了什么，我开始担心他会出事，于是我只能立刻终止自己的惩罚，开门请他回来。当我儿子接近四岁的时候，他知道反抗了，有几次我刚把他抱到门外，他下地之后以难以置信的速度跑回了屋内，并且关上了门。他把我关到了屋外。现在，他已经五岁了，而我对他的惩罚黔驴技穷以后，只能启动最原始的程序，动手揍他了。就在昨天，当他意识到我可能要惩罚他时，他像一个小无赖一样在房间里走来走去，高声说着："爸爸，我等着你来揍我！"

我注意到我儿子现在对付我的手段，很像我小时候对付自己的父亲。儿子总是不断地学会如何更有效地去对付父亲，让父亲越来越感到自己无可奈何；让父亲意识到自己的胜利其实是短暂的，而失败才是持久的；儿子瓦解父亲惩罚的过程，其实也在瓦解着父亲的权威。人生就像是战争，即便父子之间也同样如此。当儿子长大成人时，父子之战才有可能结束。不过另一场战争开始了，当上了父亲的儿子将会去品尝作为父亲的不断失败，而且是漫长的失败。

我不知道自己五岁以前是如何与父亲作战的，我的记忆省略了那时候的所有战役。我记得最早的成功例子是装病，那时候我已经上小学了，我意识到父亲和我之间的美妙关系，也就是说父亲是我的亲人，即便我伤天害理，他也不会置我于死地。

我最早的装病是从一个愚蠢的想法开始的，现在我已经忘记了究竟是什么原因促使我装病，我所能记得的是自己假装发烧了，而且这样去告诉父亲，父亲听完我对自己疾病的陈述后，第一个反应——几乎是不假思索的反应就是将他的手伸过来，贴在了我的额头上。那时我才想起来自己犯了一个致命的错误，我竟然忘记了父亲是医生，我心想完蛋了，我不仅逃脱不了前面的惩罚，还将面对新的惩罚。幸运的是我竟然蒙混过关了，当我父亲明察秋毫的手意识到我什么病都没有的时候，他没有去想我是否在欺骗他，而是对我整天不活动表示了极大的不满。他怒气冲冲地训斥我，警告我不能整天在家里坐着或者躺着，应该到外面去跑一跑，哪怕是晒一晒太阳也好。接下去他明确告诉我，我什么病都没有，我的病是我不爱活动，然后他让我出门去，爱干什么就干什么，两个小时以后再回来。我父亲的怒气因为对我身体的关心一下子转移了方向，使他忘记了我刚才的过错和他正在进行的惩罚，突然给予了我一个无罪释放的最终决定。我立刻逃之夭夭，然后在一个很远的安全之处站住脚，满头大汗地思索着刚才的阴差阳错，思索的结果是以后不管出现什么危急的情况，我也不能假装发烧了。

于是，我有关疾病的表演深入到了身体内部，在那么一两年的时间里，我经常假装肚子疼，确实起到了作用。由于我小时候对食物过于挑剔，所以我经常便秘，这在很大程度上为我的肚子疼找到了借口。每当我做错了什么事，我意识到父亲的脸正在沉下来的时候，我的肚子就会疼起来。刚开始的时候我还能体会到自己是在装疼，后来竟然变成了条件反射，只要父亲一生气，我的肚子立刻会疼，连我自己都分不清是真是假。不过这对我来说已经不重要了，重要的是我父亲的反应，那时候我父亲的生气总会一下子转移到我对食物的选择上来，警告我如果继续这样什么都不爱吃的话，我面临的不仅仅是便秘了，就连身体和大脑的成长都会深受其害。又是对我身体的关心使他忘记了应该对我做出的惩罚，尽管他显得更加气愤，可是这类气愤由于性质的改变，我能够十分轻松地去承受。

这似乎是父子之战时永恒的主题，父与子之间存在着的那一层隐秘的和不可分割的关系，那种仿佛是抽刀断水水更流的关系，其实是父子间真正的基础，就像是河流里的河床那样，不会改变。很多年过去了，当我开始写作以后，我父亲对我写下的每一篇故事，都是反复地阅读，这几乎是他一生里最为认真的阅读经历了。当我出版一部新作，给他寄出后，他就会连续半个月天天去医院的传达室等候我的书，而且几乎每天都给我打电话，对我的书迟迟未到显得急躁不安。我父亲这样的情感其实在我小时候就已经充分显露了，从而使我经常可以逃脱他的惩罚。

我装病的伎俩逐渐变本加厉，到后来不再是为了逃脱父亲的惩罚，而是为摆脱扫地或者拖地板这样的家务活而装病了。有一次我弄巧成拙了，当我声称自己肚子疼的时候，我父亲的手摸到了我的右下腹，他问我是不是这个地方，我连连点头，然后父亲又问我是不是胸口先疼，我仍然点头，接下去父亲完全是按照阑尾炎的病状询问我，而我一律点头。其实那时候我自己也弄不清是真疼还是假疼了，只是觉得父亲有力的手压到哪里，哪里就疼。然后，在这一天的晚上，我躺到了医院的手术台上，两个护士将我的手脚绑在了手术台上。当时我心里充满了迷惘，父亲坚定的神态使我觉得自己可能是阑尾炎发作了，可是我又想到自己最开始只是假装疼痛而已，尽管后来父亲的手压上来的时候真的有点疼痛。我的脑子转来转去，不知道如何去应付接下去将要发生的事，我记得自己十分软弱地说了一声：我现在不疼了。我希望他们会放弃已经准备就绪的手术，可是他们谁都没有理睬我。那时候我母亲是手术室的护士长，我记得她将一块布盖在了我的脸上，在我嘴的地方有一个口子，然后发苦的粉末倒进了我的嘴里，没多久我就什么都不知道了。

等到我醒来的时候，我已经睡在家里的床上了，我感到哥哥的头钻进了我的被窝，又立刻缩了出去，连声喊叫着："他放屁啦，臭死啦。"然后我看到父母站在床前，他们因为我哥哥刚才的喊叫而笑了起来。就这样，我的阑尾被割掉了，而且当我还没有从麻醉里醒来时，我就已经放屁了，这意味着手术很成功，我很快就会康复。很多年以后，我曾经询问过父亲，他打开我的肚子后看到的阑尾是不是应该切掉。我父亲告诉我应该切掉，因为我当时的阑尾有点红肿。我心想"有点红肿"是什么意思，尽管父亲承认吃药也能够治好这"有点红肿"，可他坚持认为手术是最为正确的方案。因为对那个时代的外科医生来说，不仅是"有点红肿"的阑尾应该切掉，就是完全健康的阑尾也不应该保留。我的看法和父亲不一样，我认为这是自食其果。

录像带电影

可能是在 1988 年的某一天，那时我正在鲁迅文学院上学，我从北京东部的十里堡来到西部的双榆树，挤进狭窄和慢速的电梯，然后用手指的关节敲响吴滨的家门。当时吴滨刚刚发表了一组《城市独白》的小说，意气风发地和王朔他们搞起了一家名叫海马的影视创作公司。现在我已经忘记了自己当时转了几次公交车，忘记了是在秋天里还是在冬天里从东到西穿越了北京城，只记得自己是独自一人，还记得自己那时留着胡须，而且头发遮掩了耳朵。我坐在并不比电梯宽敞多少的客厅里，从下午一直到深夜，我忘记了和吴滨刘霞说了什么话，也忘记了这对十多年前就分手的夫妇请我吃了什么，我只记得中间看了一部让我铭心刻骨的录像带电影，英格玛·伯格曼的《野草莓》。

这是我有关80年代美好记忆的开始，录像带电影美化了我此后两年的生活。我差不多每个星期都会去朱伟在白家庄的家，当时朱伟是《人民文学》的著名编辑，后来他去三联书店先后主编了《爱乐》和《三联生活周刊》，白家庄距离鲁迅文学院所在的十里堡不到五公里，认识朱伟以后我就不愿意再去遥远的双榆树欣赏录像带电影了。我曾经在街上遇到刘霞，她问我为什么不去看望她和吴滨了，我说太远了。然后我问她：你们为什么不来看望我？刘霞的回答和我一样，也说太远了。

那时候我住在鲁迅文学院的四楼，电话就在楼梯旁，朱伟打来电话时经常是这样一句话："有好片子。"这时候他的声音总是神秘和兴奋。到了晚上，我就和朱伟盘腿坐在他家的地毯上，朱伟将白天借来的电影录像带塞进录像机以后，我们的眼睛就像是追星族见到了心仪的明星一样盯着电视屏幕，用今天时髦的话说，我和朱伟是当时录像带电影的绝对粉丝。我们一起看了不知道多少部录像带电影，伯格曼、费里尼、安东尼奥尼、戈达尔等现代主义的影片。这些电影被不断转录以后变得越来越模糊，而且大部分的电影还没有翻译，我们不知道里面的人物在说些什么，模糊的画面上还经常出现录像带破损后的闪亮条纹。我们仍然全神贯注，猜测着里面的情节，对某些画面赞叹不已。我还记得，当我们看到电影里的一个男人冷漠地坐在角落的沙发上，看着自己和一个女人做爱时，我们会喊叫："牛！"看到电影里一些人正在激烈地枪战，另一些人却是若无其事地散步和安静地坐在椅子里看书时，我们会喊叫：

“牛！”当格非来到北京时，盘腿坐在朱伟家地毯上看录像带电影就是三个人了，喊叫“牛”的也是三个人了。

我就是在这间屋子里第一次见到苏童，那是1989年年底的时候，朱伟打电话给我，说苏童来了。我记得自己走进朱伟家时，苏童立刻从沙发里站起来，生机勃勃地伸出了他的手。不久前我在网上看到苏童在复旦大学演讲时，提到了我们第一次见面的情景。他说第一次见到我的时候，感觉是他们街上的孩子来了。回想起来我也有同样的感觉，虽然我和苏童第一次见面时已经二十九岁了，苏童那时二十六岁，可是我们仿佛是一起长大的。

在我的记忆里，第一次看的录像带电影就是伯格曼的《野草莓》。我的童年和少年时期把八部革命样板戏看了又看，把《地雷战》和《地道战》看了又看，还有阿尔巴尼亚电影《宁死不屈》和《勇敢的人们》等，还有朝鲜电影《卖花姑娘》和《鲜花盛开的村庄》，前者让我哭肿了眼睛，后者让我笑疼了肚子。“文革”后期罗马尼亚电影进来了，一部《多瑙河之波》让我的少年开始想入非非了，那是我第一次在电影里看见一个男人把一个女人抱起来，虽然他们是夫妻。那个男人在甲板上抱起他的妻子时说的一句台词“我要把你扔进河里去”，是那个时代男孩子的流行语，少年时期的我每次说出这句台词时，心里就会悄悄涌上甜蜜的憧憬。

“文革”结束以后，大量被禁的电影开始公开放映，这是我看电影最多的时期。“文革”十年期间，翻来覆去地看样板戏，看《地雷战》《地道战》，看阿尔巴尼亚朝鲜电影，“文革”结束后差不多两三天看一部以前没有看过的电影，然后日本电影进来了，欧洲电影也进来了，一部《追捕》我看了三遍，一部《虎口脱险》我看了两遍。我不知道自己看了多少电影，可是当我在1988年看完第一部录像带电影《野草莓》时，我震惊了，我第一次知道电影是可以这样表达的，或者说第一次知道这个世界上还有这样的电影。那天深夜离开吴滨的家，已经没有公交车了，我一个人行走在北京寂静的街道上，热血沸腾地走了二十多公里，走回十里堡的鲁迅文学院。那天晚上，应该说是凌晨了，录像带电影《野草莓》给予我的感受是：我终于看到了一部真正的电影。

十九年前的一次高考

潘阳让我为《全国高考招生》杂志写一篇文章，说说我当初考大学时的情景，我说我当初没有考上大学，潘阳说这样更有意思。潘阳是我的朋友，他让我写一篇怎样考不上大学的文章，我只好坐到写字桌前，将我十九年前的这一段经历写出来。

我是 1977 年高中毕业的，刚好遇上了恢复高考。当时这个消息是突然来到的，就在我们毕业的时候都还没有听说，那时候只有工农兵大学生，就是高中毕业以后必须去农村或者工厂工作两年以后，才能去报考大学。当时我们心里都准备着过了秋天以后就要去农村插队落户，突然来消息说我们应届高中毕业生也可以考大学，于是大家一片高兴，都认为自己有希望去北京或者上海这样的大城市生活，而不用去农村了。

其实我们当时的高兴是毫无道理的，我们根本就不去想自己能不能考上大学，对自己有多少知识也是一无所知。我们这一届学生都是在“文革”开始那一年进入小学的，“文革”结束的那一年高中毕业，所以我们没有认真学习过。我记得自己在中学的时候，经常分不清上课铃声和下课的铃声，我经常是在下课铃声响起来时，夹着课本去上课，结果看到下课的同学从教室里拥了出来。那时候课堂上就像现在的集市一样嘈杂，老师在上面讲课的声音根本听不清楚，学生们在下面嘻嘻哈哈地说着自己的话，而且在上课的时候可以随便在教室里进出，哪怕从窗户爬出去也可以。

四年的中学，就是这样过来的，所以到了高考复习的时候，我们很多同学仍然认真不起来，虽然都想考上大学，可是谁也不认真听课，坏习惯一下子改不过来。倒是那些历届的毕业生，显得十分认真，他们大多在农村或者工厂待了几年和十几年了，他们都已经尝到了生活的艰难，所以他们从心里知道这是一次改变自身命运的极好机会。1977 年的第一次高考下来，我们整个海盐县只录取了四十多名考生，其中应届生只有几名。

我记得当时在高考前就填写志愿了，我们班上有几个同学填写了剑桥大学和牛津大学，成为当时的笑话。不过那时候大家对大学确实不太了解，大部分同学都填写了北大和清华，或者复旦、南开这样的名牌大学，也不管自己能否考上，先填了再说，我们都不知道填志愿对自己能否被录取是很重要的，以为这只是玩玩而已。

高考那一天，学校的大门口挂上了横幅，上面写着：一颗红心，两种准备。教室里的黑板上也写着这八个字，两种准备就是录取和落榜。一颗红心就是说在祖国的任何岗位上都能做出成绩。我们那时候确实都是一颗红心，一种准备，就是被录取，可是后来才发现我们其实做了后一种准备，我们都落榜了。

高考分数下来的那一天，我和两个同学在街上玩，我们的老师叫住我们，声音有些激动，他说高考分数下来了。于是我们也不由得激动起来，然后我们的老师说：你们都落榜了。

就这样，我没有考上大学，我们那个年级的同学中，只有三个人被录取了。所以同学们在街上相遇的时候，都是落榜生，大家嘻嘻哈哈地都显得无所谓，落榜的同学一多，反而谁都不难受了。

后来我就没有再报考大学，我的父母希望我继续报考，我不愿意再考大学，为此他们很遗憾，他们对我的估计超过我的信心，他们认为我能够考上大学，我自己觉得没什么希望，所以我就参加了工作。先在卫生学校学习了一年，然后分配到了镇上的卫生院，当上了一名牙医。我们的卫生院就在大街上，空闲的时候，我就站在窗口，看着外面的大街，有时候会呆呆地看上一两个小时。后来有一天，我在看着大街的时候，心里突然涌上了一股悲凉，我想到自己将会一辈子看着这条大街，我突然感到没有了前途。就是这一刻，我开始考虑起自己的一生应该怎么办，我决定要改变自己的命运，于是我开始写小说了。

我的第一份工作

我的第一份工作是拔牙，我是在 1978 年 3 月获得这份工作的。那个时候个人是没有权利选择工作的，那个时候叫国家分配。我中学毕业时刚好遇上 1977 年“文革”后的第一次高考，可是我不思进取没有考上大学，那一届的大学名额基本上被陈村这样的人给掠夺了，这些人上山下乡吃足了苦头，知道考大学是改变自己命运的良机，万万不能错过。而我是少年不识愁滋味，一头栽进卫生院。国家把我分配到了海盐县武原镇卫生院，让我当起了牙医。

牙医是什么工作？在过去是和修鞋的修钟表的打铁的卖肉的理发的卖爆米花的一字儿排开，撑起一把洋伞，将钳子什么的和先前拔下的牙齿在柜子上摆开，以此招徕顾客。我当牙医的时候算是有点医生的味道了，大医院里叫口腔科，我们卫生院小，所以还是叫牙科。我们的顾客主要是来自乡下的农民，农民都不叫我们“医院”，而是叫“牙齿店”。其实他们的叫法很准确，我们的卫生院确实像是一家店，我进去时是学徒，拔牙治牙做牙镶牙是一条龙学习，比我年长的牙医我都叫他们师傅，根本没有正规医院里那些教授老师主任之类的称呼。

我的师傅姓沈，沈师傅是上海退休的老牙医，来我们卫生院发挥余热。现在我写下沈师傅三个字时，又在怀疑是不是孙师傅，在我们海盐话的发音里“沈”和“孙”没有区别，还是叫沈师傅吧。那时候沈师傅六十多岁，个子不高，身体发胖，戴着金丝框的眼镜，头发不多可是梳理得十分整齐。

我第一次见到沈师傅的时候，他正在给人拔牙，可能是年纪大了，所以他的手腕在使劲时，脸上出现了痛苦的表情，像是在拔自己的牙齿似的。那一天是我们卫生院的院长带我过去的，告诉他我是新来的，要跟着他学习拔牙。沈师傅冷淡地向我点点头，然后就让我站在他的身旁，看着他如何用棉球将碘酒涂到上颚或者下颚，接着注射普鲁卡因。注射完麻醉后，他就会坐到椅子上抽上一根烟，等烟抽完了，他问一声病人：“舌头大了没有？”当病人说大了，他就在一个盘子里选出一把钳子，开始拔牙了。

沈师傅让我看着他拔了两次后，就坐在椅子里不起来了，他说下面的病人你去处理。当时我胆战心惊，心想自己还没怎么明白过来就匆忙上阵了，好在我记住了前面涂碘酒和注射普鲁卡因这两个动作，我笨拙地让病人张大嘴巴，然后笨拙地完成了那两个动作。在等待麻醉的时候，我实在是手足无措，这中间的空闲在当时让我非常难受。这时候沈师傅递给我一支烟，和颜悦色地和我聊天了，他问我父母是做什么工作的，家里有几个兄弟姐妹。抽完了烟，聊天也就结束了。谢天谢地我还记住了那句话，我就学着沈师傅的腔调问病人舌头大了没有，当病人说大了，我的头皮是一阵阵地发麻，心想这叫什么事，可是我又必须去拔那颗倒霉的牙齿，而且还必须装着胸有成竹的样子，不能让病人起疑心。

我第一次拔牙的经历让我难忘，我记得当时让病人张大了嘴巴，我也瞄准了那颗要拔下的牙齿，可是我回头看到盘子里一排大小和形状都不同的钳子时，我不知道应该用哪一把，于是我灰溜溜地撤下来，小声问沈师傅应该用哪把钳子。沈师傅欠起屁股往病人张大的嘴巴里看，他问我是哪颗牙齿，那时候我叫不上那些牙齿的名字，我就用手指给沈师傅看，沈师傅看完后指了指盘子里的一把钳子后，又一屁股坐到椅子里去了。当时我有一种强烈的孤军奋战的感觉，我拿起钳子，伸进病人的嘴巴，瞄准后钳住了那颗牙齿。我很庆幸自己遇上的第一颗牙齿是那种不堪一击的牙齿，我握紧钳子只是摇晃了两下，那颗牙齿就下来了。

真正的困难是在后来遇上的，也就是牙根断在里面。刚开始牙根断了以后，坐在椅子里的沈师傅只能放下他悠闲的二郎腿，由他来处理那些枯枝败叶。挖牙根可是比拔牙麻烦多了，每一次沈师傅都是满头大汗。后来我自己会处理断根后，沈师傅的好日子也就正式开始了。当时我们的科室里有两把牙科椅子，我通常都是一次叫进来两个病人，让他们在椅子上坐下后，然后像是工业托拉斯似的，同时给他们涂碘酒和注射麻醉，接下去的空闲里我就会抽上一根烟，这也是沈师傅教的。等烟抽完了，又托拉斯似的给他们挨个拔牙，接着再同时叫进来两个病人。

那些日子我和沈师傅配合得天衣无缝，我负责叫进来病人和处理他们的病情，而沈师傅则是坐在椅子里负责写病历开处方，只有遇上麻烦时，沈师傅才会亲自出马。随着我手艺的不断提高，沈师傅出马的机会也是越来越少。

我们两个人成了很好的朋友，我记得那时候和沈师傅在一起聊天非常愉快，他给我说了很多旧社会拔牙的事。沈师傅一个人住在海盐时常觉得孤单，所以他时常要回上海去，他每次从上海回来时，都会送给我一盒凤凰牌香烟。那时候凤凰牌香烟可是奢侈品，我记得当时的人偶尔有一支这样的香烟，都要拿到电影院去抽，在看电影时只要有人抽起凤凰牌香烟，整个电影院都香成一片，所有的观众都会扭过头去看那个抽烟的人。沈师傅送给我的就是这种香烟，他每次都是悄悄地塞给我，不让卫生院的同事看到。

沈师傅让我为他做过两件事，可是我都没有做好。第一件事是让我洗印照片，那时候我的业余爱好还不是写作，而是洗印照片，经常在一个同学家里，拿红色的玻璃纸包住灯泡后，开始洗印，我最喜欢做的就是拿着镊子，夹住照片在药水里拂动，然后看着照片上自己的脸和同学的脸在药水里渐渐浮现。沈师傅知道我经常干这些事，有一次他从上海回来后，交给我一张底片，让我在洗印照片时给他放大几张。那张底片是印在一块玻璃上的，我第一次见到这样的玻璃底片，是沈师傅的正面像。沈师傅当时一再叮嘱我要小心，别弄坏了底片，他说这是他自己最喜欢的一张底片，准备以后用来放大做遗像的。我当时听他说到遗像，心里吃了一惊，当时我很不习惯听到这样的话。后来我在同学家放大时，那位同学不小心将这张底片掉到地上弄碎了，我一个晚上都在破口大骂那位同学。到了第二天我硬着头皮去告诉沈师傅，说底片碎了，然后将已经放大的几张照片交给他。现在想起来当时沈师傅肯定很后悔，后悔将自己钟爱的底片交给我这种靠不住的人。不过当时他表现得很豁达，他说没关系，只要有照片就行，可以拿着照片去翻拍，这样就又有底片了。

沈师傅让我做的第二件事，是他离开海盐前对我说的，他说他快七十了，一个人住在海盐很累，他不想再工作了，要回家了。然后他说上海家里的窗户上没有栅栏，不安全，问我能不能为他弄一些钢条，我说没问题。沈师傅离开后没有几天，我就让一位同学在他们工厂拿了几十根手指一样粗的钢条出来，当时我们卫生院的一位同事刚好要去上海，我就将钢条交给她，请她带到上海交给沈师傅。沈师傅走后差不多一年，有一天他又回来了，可能是在上海待着太清闲，他又想念工作了，所以又回到了我们卫生院，我们两个人还是在一个门诊科室。他回来时像往常一样，悄悄塞给我一盒凤凰烟。我们还是像过去一样，一个负责拔牙，一个负责写病历开处方，空闲的时候我们一边抽烟一边聊天。有一天我突然想起了钢条，我就问他能不能用上，他说他没有收到钢条，然后才知道我们那位同事将钢条忘在她的床下了，忘了差不多有一年。这是沈师傅最后一次来我们卫生院工作，时间也很短，没多久他又回上海了，以后再也没有回来。我和沈师傅一别就是二十年，我没有再见到他。

这就是我的第一份工作，从十八岁开始，到二十三岁结束。我的第二份工作是写作，直到现在还在乐此不疲。我奇怪地感到自己青春的记忆就是牙医生涯的记忆，当我二十三岁开始写作以后，我的记忆已经不是青春的记忆了。这是我在写这篇文章时的发现，更换一份工作会更换掉一种记忆，我现在努力回想自己二十三岁以后的经历，试图寻找到一些青春的气息，可是我没有成功，我觉得二十三岁的自己和今天的自己没有什么两样，而牙医时的我和现在的我决然不同。十八年来，我一直为写作给自己带来的无尽乐趣而沾沾自喜，今天我才知道这样的乐趣牺牲了我的青春年华，连有关的记忆都没有了。我的安慰是，我还有很多牙医的记忆，这是我的青春，我的青春是由成千上万张开的嘴巴构成的，我不知道是喜是忧。

纵论人生，纵论自我

何锡章教授说他今天有一堂课让我来参与一下，我以为他在台上讲，我在下面听，偶尔插一下话，结果他说了一分钟就坐到下面去了。这是突然袭击，我不知道说什么，他就即兴给了我这个“文学与人生”的题目，他说：“纵论文学、纵论人生、纵论天下都可以，纵论自我也行，大家欢迎！”他说完欢迎就心安理得地坐在同学们中间，看他这个架势，死活不会上来了，要我替他上课。这让我想起小时候看过的革命战争题材电影里反面人物的一句经典台词“中了共军的奸计了”。

我只好在这里纵论了，我今天不纵论天下，也不纵论文学，文学我说得太多了，已是陈词滥调，我就纵论人生，纵论自我，稍带一点文学。我在想从什么时候说起，是从三十年前说起呢，还是从三年前说起。我想想三十年前我在干什么，需要两个小时来回忆，回忆健全了，下课铃声也响了。

那就从三十年前说起吧，一边说一边回忆。1987 年我发表了自己的成名作《十八岁出门远行》。1986 年深秋的时候我去北京，参加《北京文学》的改稿会，带去了《十八岁出门远行》的初稿。好了我知道说什么了，今天我和你们说说我的文学和人生的故事，我能够走到今天，一个人和一本杂志给予我很大的帮助。

《十八岁出门远行》是在浙江海盐河边的一间小房子里写完初稿的，写完以后我很兴奋，觉得自己写下了一篇以前从来没有写过的小说。然后拿着这篇小说去参加《北京文学》的改稿会。当时《北京文学》的主编是林斤澜，副主编是李陀和陈世崇，当时中国的文学经历了伤痕文学、反思文学和寻根文学之后又有新的声音出现了，《北京文学》想发现新声音的作家，他们就向全国征集小说稿，结果小说稿像雪片一样飞进了《北京文学》编辑部，编辑们个个看花眼了，也没有发现他们期望中的新声音，但是改稿会已经宣传出去了，不办不行，只能在征集来稿的作者里找几个，再找几个他们原来的作者，都是青年作者，我是其中之一。我觉得这可能是李陀心血来潮想出来的点子，他想编一期“青年作家专号”，就是 1987 年第一期，他觉得中国文学到1986的时候已经出现了不少令他惊喜的作品，他相信会有更多的新气象的文学作品出现，他对当时文学走向的判断是准确的，我们这一代作家就是在 1987 年后集体崛起的，但是通过《北京文学》向全国征集青年作者并且从中找出几个韩少功、几个史铁生、几个莫言、几个马原，那是痴心妄想。

当时林斤澜和李陀都是挂名的，基本上不干事，干事的是陈世崇，我1983年年底去《北京文学》改稿的时候就认识陈世崇了，他那时候刚从小说组的组长升为编辑部副主任，他对我一直很重视，从1984年我在《北京文学》发表小说以来，每次《北京文学》开笔会，陈世崇都会叫上我。

1987年《北京文学》第一期的“青年作家专号”是李陀做的，所以他很认真地参加了那个改稿会，住在上园饭店，他就是在那里看了《十八岁出门远行》。李陀看完后很兴奋，跑到我房间来，坐在沙发里和我聊天，他在赞扬《十八岁出门远行》的时候，还说到了几篇我以前发表在《北京文学》上的小说和散文，他说傅锋、陈红军和章德宁如何向他推荐我，他读了我这些此前的作品觉得一般，说实话我自己也觉得一般，所以我后来出版的集子里一篇也没有收入。但是傅锋、陈红军和章德宁认为我是一个很有潜力的青年作者显然没有错，我是《北京文学》从自由来稿里发现的作者，所以《北京文学》对我格外重视。当时发现我的编辑是王洁，后来她调走了，傅锋把我接了过去，章德宁是小说组的组长，是二审，每篇小说都要过她这一关才能到陈世崇那里，章德宁没有否决过我一篇小说和散文。后来章德宁做了《北京文学》的社长，其他人也都先后离开了，等章德宁退休以后，《北京文学》和我就没有联系了。

《十八岁出门远行》在1987年第一期的《北京文学》上发

表了，而且是头条。由于李陀的大力宣传，引起了一些人的关注，后来我又写了一些中篇小说。李陀是很有意思的一个人，他自己是《北京文学》的副主编，但是他认为中国最好的文学杂志是《收获》，他说，你的小说写得很好，我给你推荐到《收获》去。《收获》在 1987 年的第五期和第六期连着发表了我的两个中篇小说：《四月三日事件》和《一九八六年》。《钟山》1988 年第一期发表的《河边的错误》也是李陀推荐给范小天的。我前面说我能有今天，是一个人和一本杂志帮助了我，这一个人就是李陀。

一本杂志呢，不是《北京文学》，是《收获》。为什么这么说？《北京文学》人事变动频繁，不像《收获》始终是李小林当家做主。李陀和林斤澜被赶走以后，我给过他们一个中篇小说，章德宁和陈世崇都签发了，可是被那时候的主编否决了，后来在《收获》发表了。我记得当时陈世崇搬了新家，我去看望他，他很高兴，提到我的稿子被退还的事，他摇头叹气。我后来很知趣，没再向《北京文学》投稿。

《收获》1987 年第五期发表《四月三日事件》之后，我收到了肖元敏的一封很厚的信，当时我的责任编辑是肖元敏。她在信里说《一九八六年》准备在下一期发表，只是里面有很多描写太残忍，担心发表以后会招来过多的批评，可能会对我不利，所以她在忠于叙述风格的情况下给我做了很少的删减。我看了一下，确实不多。如此认真的编辑，今天已经找不到了。她把原文抄在信纸上，把改动的抄在下面。那个时候没有电脑，没有打印机之类的，什么都没有，就一段一段地抄，最后问我是否同意。我很吃惊，肖元敏那时是一个大编辑，她编辑过很多著名的小说，对我这样一个无名小卒如此尊重，我当然同意了，告诉她只要给我发表，全删掉都可以。编辑的认真其实也是《收获》的一个传统，巴金留下来的一个传统。

1987 年 10 月，《四月三日事件》发表不久，《一九八六年》还没有发表的时候，我刚好去上海，就去了《收获》编辑部。上海作协院子里有一幢楼，我小心翼翼地走进去，走到二楼遇到一个人下来，问他《收获》在哪里，他说在楼上。我走到三楼，有一个对着楼梯的门虚掩着，门上贴了《收获》杂志的一个封面，我想应该就是这里了。我敲敲门，有个声音说请进，我推开门，里面只有一个女编辑在办公桌前看稿子，我问她肖元敏在吗？她说我就是。她问我是谁，我说我是余华。肖元敏笑了，起身给我搬了一把椅子，让我坐在她对面，我们两个开始聊天。她告诉我，李陀把我的中篇小说推荐给他们时还要求他们读一读《北京文学》第一期的《十八岁出门远行》，肖元敏说有一天李小林在办公室里到处找这一期的《北京文学》，找不到问肖元敏，肖元敏说她拿回家去读了。我们正说着话，程永新进来了，他也是我的编辑，他编辑了 1987 年《收获》第五期的“先锋文学专号”。程永新那个时候也就二十多岁，年少俊美，是上海巨鹿路上的潘安，再看看现在的程永新，岁月对潘安也是一把杀猪刀。那次是我们两个人第一次见面。

上个月在澳门，程永新和我一起回忆 80 年代，他说我们这一批作家的稿子寄到《收获》以后，他、李小林、肖元敏他们当时都觉得我们这批作家每个都有一股气势，感觉真是一个文学的黄金时代来临了，所以他们连着两年都做了“先锋文学专号”。

我有超过七成的小说发表在《收获》杂志上，有两个原因：一是我每次去《收获》编辑部，李小林都会对我说，你的小说不能寄给别的杂志，只能给我们发表。我当然愿意了，愿意在《收获》上发表。但是范小天有意见了，给我写信，说你给《收获》那么多篇了，也不给《钟山》一篇，所以我也得给范小天寄一两篇小说过去。第二个原因是，当时我的小说在其他文学杂志上发表不了，像《活着》和《许三观卖血记》现在看来没什么问题，可当时不是这样，别的杂志是不敢发表的，尤其是《许三观卖血记》，这个题材是卖血的，在 1995 年还是比较敏感的。《收获》是巴金的《收获》，他是杂志的主编，虽然李小林当家，可巴金这个名字挂在那里，就是一种力量，我们这些作家就是在这个力量的保护下成长起来的。

我一直认为巴金没有看过我的作品，但后来李小林告诉我，像你这样作家的作品还有其他一些重要的作品，都是要让她爸看一下的。《许三观卖血记》正式发表前，巴金正在杭州休养，李小林看清样的时候给他念了《许三观卖血记》。

这次在澳门，程永新还透露了一个细节，当年《收获》发表张贤亮的《男人的一半是女人》以后，招致很多批评，说它是黄色小说，倾向也有问题。编辑部压力很大，巴金就给编辑部写了一封信，说这个小说确实有点“黄”，这个“黄”用了引号，但是这是一篇好小说。

巴金去世以后，好像是2012年年底或者2013年年初，我们这些《收获》的老作者还有一些《收获》的新作者在上海开会，会后李小林带着我还有苏童几个人去她家参观——现在是巴金故居了。李小林亲自当讲解员，我印象最深的是巴金的书桌，刚开始蛮大的，后来年纪越大书桌越小，最后就那么小了，和我上中学时的单人课桌差不多大，可能是巴金觉得书桌太大了不适合写东西。巴金在“文革”结束以后写《随想录》时的书桌就是最小的那张桌子。

第二天我给李小林发了短信，说我们这一代作家很幸运，这是因为巴金的长寿。巴金气管切开以后又在病床上煎熬了很多年，那样的生活是很痛苦的，他自己说过长寿是对他的惩罚。但是巴金的长寿，让我们这一代作家有足够的时间自由成长。我觉得当时的极左派们很想把我们流放到西伯利亚去，但是我们后面有《收获》，有巴金，我们都没去西伯利亚，最北也就是跑到东北，参加完一个活动又跑回来了。

我是一个幸运的作家，在需要遇到一个人的时候，遇到了李陀；在需要遇到一本杂志的时候，遇到了《收获》。李陀和《收获》让我对自己的作品充满信心。李小林经常对我说，你是我们《收获》的人——意思是你不能把小说拿给别的杂志发表。

我回忆了一下，我在《收获》发表了那么多小说，都是寄过去以后就发表，不需要修改，只有《在细雨中呼喊》是例外，这是我的第一部长篇小说，我在写作的时候自己觉得前面一半写得不错，后面一半就不自信了，当时心想也许《收获》觉得后面一半也不错，就坐上火车去了上海，拿到《收获》杂志编辑部去。当时这部小说跟你们现在读到的版本不一样，前一半还是一样的，后一半完全重写了。李小林对前半部分很满意，但对后半部分很不满意。可能我当时也急于想发表一个长篇小说（证明自己），我是从短篇小说开始写，写到中篇小说，发现中篇小说已经会写了，然后尝试去写长篇小说了。李小林不接受，她让我很感动的是，她对我说，这部小说要是别人写的，我现在签发，下一期就出来了，因为是你写的，你就得回去给我改好了。

这是我在《收获》第一次遇到的批评，程永新陪我出去，他边走边安慰我，说前面是大手笔，后面马马虎虎。他没说后面写得差，而是说马马虎虎。然后他在《收获》附近找了一家小餐馆请我吃了午饭。那些年我和苏童、格非把《收获》附近的小餐馆吃遍了，都是程永新拿《收获》的钱请我们吃的。

李小林让我回去想想怎么改，说她再和程永新、肖元敏三个人商量提出修改意见。我回到嘉兴，当时虽然没有高铁，但是从嘉兴去上海坐火车还是很方便，我到上海都是住华师大招待所，格非当时在那儿教书，每次我或者苏童、马原到上海，程永新就会让格非订一个招待所的房间。差不多一个月以后，他们三个人讨论好了修改《在细雨中呼喊》的方案，让我去上海编辑部和他们开会，关于这部长篇小说的后半部分怎么修改。

其实我在嘉兴的一个月里已经想好了后半部分怎么重写，所以我一到《收获》编辑部，他们还没说话我就宣布后半部分不要了，我要重写，所以他们不用提意见了。李小林说为什么不早点告诉我们？我说刚刚决定重写，李小林说好吧，那就不提意见了。然后我们坐在编辑部里闲聊，快到中午的时候，李小林回家，肖元敏去了食堂，程永新带着我去巨鹿路周边找餐馆吃饭。

1991 年的夏天和秋天，我在嘉兴重写《在细雨中呼喊》下半部分，当时进入状态了，自信也回来了。当我修改完带着稿子坐火车去上海已是九月下旬，《收获》这年的第六期已经发稿，我走进编辑部的时候，李小林和肖元敏在那里，程永新没在，她们两个看到我背着包进来就知道我改完了，李小林问我下半部分改得怎么样，我说很好。她又问我和上半部分比呢，我说一样好。李小林还没有读我修改过的稿子，当着我的面就和肖元敏商量把第六期哪些稿子撤下来，肖元敏拿着我的手稿计算有多少字，两个人商量撤下哪些作品，然后把《在细雨中呼喊》放进去，当时李小林说要发头条，目录和内文都是头条。现在二十六年过去了，我回忆这段往事时感慨万分，一个编辑如此信任一个作者，以后再也没有遇到，这样的信任是此前一篇又一篇小说的合作建立起来的，李小林了解我，当我对自己的作品充分自信的时候，肯定是让她满意的作品。

接下来讲讲《活着》。1992 年年初的时候，我在北京十平方米左右的家里睡午觉醒来，脑子里出现了“活着”这两个字，觉得这是一部我一直想写的小说的题目。当时认为这是一个非常好的小说题目，因为我知道自己要写的是什么，我想写一个人和他命运的关系，我一直有这么一个愿望，但是不知道该怎么写，直到“活着”这个题目出来以后，我开始写了。“文革”时宣扬“主题先行”，人物都要高大上，都是英雄人物，中间人物也不能写，如果你小说里的主角是个不好不坏的人物，也会受到批判。“文革”结束以后文学界对“主题先行”进行过猛烈的批评，后来我发现也没有道理，条条大路通罗马，任何方式都可以写出好作品，《活着》对我来说就是一部主题先行的作品。很多人把《活着》视为我写作风格转变的作品，前一年发表的《在细雨中呼喊》基本上延续了我先锋文学时期的叙述风格，《活着》在叙述上确实转变了，这个转变不是说我想转变就能转变的。有时候写作和人生一样，尤其是写长篇小说，不知道接下去会发生什么，就像我们谁也不知道明天会发生什么。

我开始是用第三人称的方式来叙述的，从一个旁观者的角度来写福贵的一生，语言也是《在细雨中呼喊》语言的延续，结果写不下去，写了一万多字之后就感觉不对。那个时候我已经有经验了，知道自己感觉不对的话肯定是出问题了，虽然是什么问题不知道。后来尝试用第一人称来写，让福贵自己来讲述，很顺利写完了。

小说里的福贵是一个农民，不是目不识丁的农民，他念过三年私塾，毕竟是地主的儿子。但是三年的私塾是不够的，可以说他还是一个没有什么文化的农民，所以他在讲述自己故事的时候应该是用一种最简单的语言，你不能用大学教授的语言来讲述。我一直在寻找最简单的语言，刚开始比较谨慎，不确定这样的语言行不行，慢慢地找到叙述语调以后，就很顺利了，一切都顺利了，就知道他应该用这样的方式来讲述。

我一直以为《活着》是很容易翻译的，因为它的叙述语言是最简单的中文，后来我的日文译者饭塚容教授告诉我，《活着》很难翻译，他说《活着》的语言确实简单，可是很有味道，要把这样的味道翻译出来很难。

我在写《活着》的时候已经意识到用简单的语言叙述不是一份容易的工作，这部小说的语言越出了我此前熟练掌握的语言系统，时常会因为一句简单的话耽搁几天，因为找不到准确的表述语言。举个例子，有庆死后的那个段落，福贵把有庆背回家，埋在屋后的树下后，站起来看到月光下的那条小路，我告诉自己，一定要写下那条小路在那一刻给了福贵什么感受。小说前面几次写有庆跑步去县城，有庆要割羊草，经常要迟到了才急忙往学校方向跑，把鞋跑坏了，福贵骂他，说你这个鞋是吃的还是穿的。后来有庆每次跑向学校的时候就把鞋脱下来拿在手上，赤脚跑到学校去，由于他每天都要跑着去学校，后来在学校举行的长跑比赛里拿了冠军。因为前面有这样的描写，而且福贵又一次次看着他这样跑去，所以当福贵把孩子埋在树下，再站起来看到那条月光下的小路的时候，不能不写福贵的感受，必须要写，这是不能回避的。可怎么写呢？我记得自己以前用各种方式描写过月光下的小路，有些是纯粹的景物描写，有些是抒情的描写，也用过偷梁换柱的比喻，比如我曾经这样描写过月光下的道路，说它像是一条苍白的河流。但是这次不一样，一个父亲失去了儿子，刚刚埋下，极其悲痛，他看着那条月光下的小路，我知道只要一句话就够了，多了没有意义。那时候我个人的感觉是，写一句到两句话把福贵悲痛的情绪表达出来就够了，好比是格斗里的最后一刀，如果写一千个字，那就是对格斗的铺垫了，不是最后一刀。福贵是一个农民，他对那条小路的感受应该是一个农民的感受，我写不下去，耽搁了几天，找到了“盐”的意象，盐对农民来说是很熟悉的，然后我写福贵看到那条通往城里的小路，月光照在路上，像是撒满了盐。想想那是怎样的一条月光下的小路，撒满了盐，这个意象表达的是悲痛在无尽地延伸，因为盐和伤口的关系是所有人能够理解到的。所以当一个作家用朴素的语言写作时，其实比用花哨复杂的语言更困难，因为前者没有地方可以掩饰，后者随处可以掩饰。

我是在北京写完解放前的部分，回到嘉兴写完解放后的部分，然后像以往一样背着稿子坐上火车去了上海。那个时候我写完长篇小说都是坐上火车去上海送到《收获》编辑部，中短篇小说就不亲自送了，都是邮寄过去。当时我很兴奋，觉得自己写下了一部崭新的小说。

去年七月在长春的会议上，李洱还回忆起当初我带着《活着》的手稿走进格非宿舍时的得意表情，程永新让格非给我订了华师大招待所的房间，他自己在格非的宿舍里下着军棋等我，当时李洱还没有从华师大毕业，他也是格非宿舍里下军棋的主要成员，李洱记得我走进去时向正在下军棋的他们宣布我写下了一部题为《活着》的小说，我当时对这个题目沾沾自喜。

后来我和程永新去了华师大招待所，我记得那个房间有四张床，我和程永新各占一张，我逼着程永新马上读完。程永新靠在床上读，我在另一张床上躺着等待他的反应，他中间去了几次卫生间，我听到他在里面处理鼻涕的声音，我以为他感动得哭了，结果这小子每次出来时都说自己感冒了，让我很失望。终于等到他全部读完，已经是晚上，他总算说了一句赞扬的话，说结尾的景色描写很美。我很不满意，问他难道前面写得不好？他说前面也很好。我问他什么时候把稿子给李小林看，他说明天上午就送过去。

程永新把稿子送给李小林以后，我们在格非的宿舍里下了两天军棋，我问程永新，李小林应该读完了吧？程永新说不知道，我说你去打个电话问问。我们两个人在华师大里面找了一个公用电话，那时候是傍晚了，程永新把电话打到李小林家里，谢天谢地，李小林已经读完了，我在一旁听着他们两个人用上海话交换意见，李小林先是说余华的风格变了，程永新"嗯"了两声后说这部小说比较写实。那时候是九月份，我听着李小林和程永新在电话里商量第六期就发表，而且发头条。我很高兴，发头条意味着李小林很欣赏这部小说。

我在华师大招待所又住了两天，与格非、李洱、叶开他们几个下军棋，因为到了《收获》发稿的时候，程永新忙上了，不能过来加入我们之间的军棋大战。我现在告诉一个你们不知道的事，《活着》这部小说是我自己编辑的。我在华师大下着军棋，心里却想着程永新把我的小说编好了没有，所以就一个人去了程永新家，当时他住在浦东，我敲开他家门时他刚开始编辑《活着》，手里拿着一支红笔，我对他说，把红笔给我，我自己编。就这样，我坐在程永新家里的书桌前，他站在我身后，指导我用红笔怎么处理字体的变化和段落的变化，我在他的指导下顺利完成编稿，他夸奖我说，你编得好。

《收获》在“文革”结束后复刊，是所有作家投稿时的首选，可是没有一个作家不被《收获》退过稿，我差点成为唯一没有被《收获》退稿的作家，结果程永新坏了我的好事。我在嘉兴的时候把《夏季台风》寄给他，过了十几天我给他打电话，他不在编辑部，我把电话打到他家里，他接电话时声音有气无力，说生病发烧了。我问他《夏季台风》读完了没有，他说读完了，我问他怎么样？他回答犹犹豫豫，给我感觉是他不太喜欢这部小说。那时候我刚好收到范小天的信，他在信里抱怨我忘记《钟山》了，只知道给《收获》写稿。我就让程永新把《夏季台风》退给我，我寄给了范小天，范小天给我在《钟山》上发了头条。后来我对程永新说，这是你编辑生涯里的一个失误。当然我是开玩笑，程永新发烧的时候读《夏季台风》，那时候他对女人都没兴趣了，怎么可能对台风有兴趣？那时候即使苏童的《妻妾成群》到他手上也很可能被他退了。

继续说《活着》。这部小说发表好几年以后，我有时会想，当时怎么就把第三人称换成第一人称了？可能就是一条路走不通了，换另一条路。我曾经觉得这只是写作技巧的调整，后来意识到也是人生态度的调整。像福贵这样的一生，从旁观者的角度去看，除了苦难就没有别的了，但是让福贵来讲述自己的故事时，他苦难的生活里充满了欢乐，他的妻子和他的孩子，他们的家庭曾经是那么的美好，虽然一个个先他而去。《活着》告诉我这样一个朴素的道理：每个人的生活是属于自己的感受，不是属于别人的看法。

我再说一个真实的故事。好多年前有一个上海首富，他是从一家馄饨店起家的，后来成了上海首富，因为诈骗等罪名被抓了进去。他在被抓之前，其实已经知道了，他在上海的公司是一幢几十层的大楼，他站在自己巨大的办公室落地窗前，看着下面工地里的建筑工人。我不认识他，告诉我这个故事的人认识他，他在被抓之前，这个人去看他。他站在窗前告诉这个人，真想自己是下面工地里的建筑工人。建筑工人虽然很辛苦，可是没有牢狱之灾在等待他们。

我们有时会在街上看到一个乞丐，你很同情他，但是并不意味着他的生活全是不幸的，他也会有属于他的幸福时刻。再看看现在的特朗普，耀武扬威，可是刚签下一条行政令就被法官判决无效，接着又深陷“通俄门”。我们中国人对他的评价很有意思，说特朗普被关进了制度的笼子。特朗普很威风，可是常常焦头烂额。所以我再说一遍，每个人的生活是属于自己的感受，不是属于别人的看法。

该到《许三观卖血记》了。从哪里说起呢？我年轻的时候看过海明威的一个访谈，海明威说他所有的长篇小说都是从短篇小说开始的，写着写着刹不住车就变成了长篇小说。我当时认为海明威是在扯淡，作家谈创作的那些话都是丢给你们的西瓜皮，让你们踩着以后越滑越远，还让你们摔个嘴啃泥。可是我写完《许三观卖血记》以后，发现海明威这次没有扯淡。为什么呢？因为《许三观卖血记》开始的时候也是当成短篇小说来写的，刹不住车后变成了长篇小说。

1994年下半年的时候，我突然想给《收获》写六个短篇小说，然后在1995年每期发表一篇。我先是给程永新打电话，我说你们明年给我拿出六期的版面来，程永新很高兴，以为我要在《收获》开个散文专栏，我说不是写散文，是写六个短篇小说，你一期给我发一个。程永新说我们没有这样的规矩，如果你是写散文开专栏是可以一期发一个，小说没有这样的规矩。我说那就给你们创造一个新的规矩。最后程永新说你先写着吧。然后李小林来跟我说，你给我们写六个短篇小说我们很高兴，但是能不能一期发三个，这样两期发完。我说不行，就要一期发一个。现在想想，《收获》从来不是一个刻板的杂志，以前没有过的以后可以有，还有他们一直纵容我，让我写作时充分发挥自己的才华，其实那时候我并不是很出名，准确说只是属于崭露头角的文学新人。从这一点上也可以看出来，在《收获》那里，作家名气不重要，作品质量才重要。举个例子，当时文学杂志的稿费标准不一样，王蒙拿二十元一千字的话，我只能拿十元一千字，可《收获》不管作家的名声大小，都是千字三十元，当时他们的稿费是最高的。

《收获》1995年第一期发表的是《我没有自己的名字》，我自己很喜欢这个短篇。第二期是《他们的儿子》，苏童说他喜欢这个短篇。第三期就是《许三观卖血记》，到了第三期快发稿的时候，程永新给我打电话，说新短篇写得怎么样了。我说写了一万多字，好像只是一个开头，可能是中篇了。程永新说中篇好啊，那就第四期发吧。到第四期发稿时，程永新的电话又来了，说中篇写得怎么样了。我说是长篇了。程永新说长篇更好，就第五期发吧。后来是在第六期发表的。

刚才你们有人说到《第七天》，这是胡思乱想的产物。我经常胡思乱想，作为一个人这可能是缺点，但是作为一个作家，胡思乱想就是优点了。有一天我想到一个开头，觉得非常有意思。就是有一个人死了，接到殡仪馆的一个电话，说你火化迟到了。尸体火化还有迟到？我觉得这是一个很棒的开头，几天后我就坐在桌前写了。因为我有这个构思已经很久了，《兄弟》写完以后就有了，当时我觉得只写下一本《兄弟》不够，中国社会太丰富了，之后我写过一部非虚构的书，继续表达我对中国这四十年变化的看法和感受。用非虚构的方式有一个优势，就是直截了当，不用拐弯抹角。说起来那部书是非虚构的，其实里面也有一些虚构的成分，有一些过去的事情记不清楚了，记不清楚的地方怎么办，就用虚构来过渡。写完那部非虚构的书仍然觉得不够，然后呢，当初刚刚写完《兄弟》时出现的一

未来已经到来，过去还没过去。
你们要有野心，
你们是得天独厚的一代人。

个愿望又变得强烈起来，我想用不多的篇幅把“文革”之后的这三十多年里发生的奇怪的事情集中起来写，我不仅想在我的写作生涯中留下一部文学作品，同时也想留下一个突出的社会文本，就像城市里的地标建筑一样，人们在寻找某一个位置时会把地标建筑当成方向来辨认，文学作品里有时候也应该有地标，这是时间的地标也是社会历史的地标，几百年以后人们回过头来，想在文学作品里寻找已经消失的某一阶段的社会历史时，需要这样的地标。

这个构思虽然有很长时间了，但是我一直不知道从何处下手，直到 2013 年年初出现殡仪馆的那个电话，我知道可以写了，通过死者的世界来看生者的世界，我终于获得了这么一个机会，可以集中把这些东西写出来。里边写了很多人物，他们都是亡灵——写亡灵有一点不同，你不用去写他们的性格，活人你还得写出他们的不一样来，当他们都成为游魂以后，共同的命运会让他们变成同一类人。因为是在写一群游魂，所以我用十分安静的语调去叙述，只有写到生的世界时语调才稍稍活泼一些。这个小说写得比较顺利，我用七天来写七章，中国人有头七的说法，书出版后扉页上引用《圣经·创世纪》开头的话，是出版社编辑加上去的，当然我是同意的，因为对于这些游魂，这七天是一个新世界开始的七天，是没有墓地的死者们的创世纪。

这两三年我在国外为《第七天》做宣传时，经常有一个活动是朗诵，我就朗诵开头这一段，有几个外国的记者对我说这个开头妙极了，他们说世界文学里还没有这样的开头。最有意思的朗诵是去年五月在挪威利勒哈默尔文学节上，我和我的挪威译者勃克曼教授一起（我以前写邮件都叫他鲍克曼，几次以后他回信更正，说不是“鲍”，是“勃，勃起的勃”），他是奥斯陆大学研究中国历史的教授，非常有意思的一个朋友。那天下午阳光明媚，在一片宽阔的草地上临时搭了一个舞台，旁边有餐厅和酒吧，很多人坐在草地上，边吃边喝边听我们在台上朗诵，我先朗诵开头那个章节的中文，然后勃克曼上去朗诵挪威文，我坐在他身后，这时候我才发现这片草地的对面，隔着一条小路是一个巨大的墓地，墓碑像树林一样密集，我觉得再也没有比在这个地方朗诵《第七天》更合适了，我拿出手机给正在朗诵的勃克曼的背影拍了一张照片，把墓地也拍进去了。朗诵结束后，我把照片给勃克曼看，告诉他，你朗诵的时候，死去的听众比活着的听众还要多。

至于我最近在写什么，这个问题我经常遇到，尤其是在国外，记者们总会在最后一个问题问我能否透露一下自己正在写的小说，我说抱歉，我的小说在写完之前不愿意和别人分享。张清华昨天还问我正在写什么，我说什么都没写。我肯定是在写，但是写完之前我不会告诉别人。20世纪80年代的时候，我偶尔还会和人谈谈自己的某个构思，90年代以后我不会和别人谈构思，也不会去听别人的构思，当然也没人跟我谈他们的构思。有一点是可以告诉你们的，就是我有几部长篇小说写了一半搁置在那里了，这个媒体上早就报道过几次了，所以我可以告诉你们为什么会搁置。我现在杂事越来越多，比如经常出国，小说写写停停，慢慢没感觉了，然后对新的小说兴趣上来了，就去写新的，新的也是写写停停，也慢慢没感觉了，又对另一个新的有兴趣了。这是我人生里很大的缺点，这个缺点我年轻时就找上门来了，现在还和我在一起。

1984 年我进入文化馆，那个时候政府做了一件非常了不起的事情，就是民间文学三套集成——民间故事、民间歌谣和民间谚语。经历了“文革”之后有很多老的民间艺人已经进入他们生命的末年了，再不去抢救的话就可能失去我们的民间文学。当时改革开放刚开始，我们的国家还很穷，但政府还是拿出钱来做了这么一件事情。我就被派去乡下搜集民间文学。那是夏天，我戴一顶草帽，穿一双拖鞋。那双拖鞋我不断换，当时乡下小旅馆里面都放着拖鞋，我是穿着自己的拖鞋下乡的，然后我“这山望着那山高”，总觉得小旅馆里的拖鞋比我的好，我住过一个小旅馆就会换一双拖鞋。先是找软的拖鞋，觉得越软越好，后来发现软的拖鞋走路会脚疼，开始找硬的拖鞋换，那个夏天我换了一双又一双拖鞋。我这个“这山望着那山高”的缺点那时候就开始了，到了写作的时候又不断表现出来，一部长篇小说写了一半搁下，去写另一部，另一部又搁下了，再去写一部新的，还是搁下，现在它们都在我的 U 盘里昏迷不醒。

我二十四岁的夏天在乡下收集民间文学时住过的小旅馆，都只有十来个房间，每个房间里有四张床，大的有六张床。夏天的时候小旅馆的房间基本上都空着，那时候的旅馆是按一张床收钱的，不是按一个房间收钱。我刚下去时，睡一张床，另外几张床空着，结果床上有跳蚤，咬得我那个痒啊，我就去睡另一张，又被咬得受不了，再换一张床，还是被咬，我一个晚上把四张床上的跳蚤全给喂饱了。我意识到自己的愚蠢了，我不换床了，就在一张床躺着——我只能喂饱一张床上的跳蚤，不能把其他几张床上的跳蚤都喂饱了。我现在准备用这个对付跳蚤的方式来对付我那几部没有完成的长篇小说，接下来的时间里，不再让新的构思诱惑我，不再“这山望着那山高”。然后呢，我就采用在一张床上躺着喂饱跳蚤的办法，对我那几部昏迷中的长篇小说做人工呼吸，一部一部来，救活一部，再去救活另一部。如同我不会在一个晚上喂饱四张床上的跳蚤，我不会同时去给四部长篇小说做人工呼吸了。

第二辑　文学·音乐·旅行

新的时代来临之际，亦是对过去时代大师们重新理解的开始。

我最初的阅读与写作

我没有新东西可说了，该说的都说过，都写过了，如果有所不同的话，也只是举的例子不同，观点已是大同小异。“阅读与写作”这个题目是一个多月前随便想的，现在看来不够确切，应该是“我最初的阅读与写作”，所以今天我就讲讲自己的阅读与写作。

我的阅读应该从头说起，不能从中间说起。我是在“文革”中长大的，1967年上的小学，1977年高中毕业，这段时间刚好是“文革”十年。那是一个没有书籍的年代，“文革”之前出版的文学作品被禁止销毁了，只留下一个鲁迅。1973年的夏天，那时已是“文革”后期，距离林彪事件差不多过去两年了。“文革”中关门的县图书馆重新开张，我小学毕业升初中的那个暑假，我哥哥也将从初中升到高中，我父亲给我们办了一张县图书馆的借书证。现在回忆起来，县图书馆里只有两个宽不超过一米、高只有两米的书架，里面的文学作品不超过三十本，全是一些你们现在听起来非常陌生的小说，如《牛田洋》《虹南作战史》等，都是革命与反革命斗争题材的书，十分无趣。当然也有我喜欢的书，一本是《闪闪的红星》，还有一本是《矿山风云》，这两本书是讲孩子的故事，我读它们的时候还是一个孩子，所以喜欢。当时图书馆的管理员是一位很认真的女士，每次我们把借的书还回去的时候，她都会仔细检查一下书，看看是否有损坏。有一次我们还书的时候，她发现封面上有一点很不明显的墨水痕迹，她说是我们弄上去的，事实上我们并没有弄上去。我们便和她争论起来，我哥哥脾气很暴躁，隔着窗口就给了她一拳，然后呢，她把图书馆的门一关，去派出所报案了，我们也去了派出所。她在派出所里流着眼泪哭诉，当时派出所的所长是我父亲的朋友，他劝她，别和小孩计较，她不依不饶，拿起派出所里的电话给县里宣传部打电话，接电话的是我同学的母亲，还是邻居，听说是我们两个，没说两句就把电话放下了。她坐在派出所里哭，所长向我们挥手，让我们赶紧滚蛋。这事就这么不了了之，可是我们的借书证被没收了，我们没书可读了。对我来说，这种不能读书的感觉很难受，就好像吸食了“毒品”以后没有“毒品”一样。我到处去寻找“毒品”，想去看这样或者那样的书。我父母都是医生，家里面有一个小书架，上面放着的全是医学方面的书籍，除此以外就是《毛泽东选集》。我对于医学方面的书和《毛泽东选集》都不感兴趣，只能去别的同学家里找书，他们家里的书也都是《毛泽东选集》。我实在没别的办法了，只能在医学书籍和《毛泽东选集》之间选择，我选择了《毛泽东选集》。那时候每天广播里都在播放毛泽东说的话，我已经熟悉套路了，可有一天我发现了新大陆，《毛泽东选集》里面的注解很好看，它涉及一些历史人物和事件。我非常认真地读起了《毛泽东选集》里的注解。前面我说到的图书馆里借到的革命书籍中没有人物，没有故事，情感都是英雄人物式的情感，说话方式跟现在朝鲜电视里播音员的腔调一样。当我突然发现《毛泽东选集》里的注解时，虽然里面仍然没有情感，但是它有故事、有事件、有人物，有各种各样历史人物的介绍，这让我极其入迷。当时是夏天，我们南方夏天的晚饭都是在户外吃的，我趁着吃完饭之后天还没有黑，就拿着《毛泽东选集》读，我们家的邻居看到后很感慨，夸奖我小小年纪一个孩子如此刻苦学习毛泽东思想。实际上，我是在读注解。等我把《毛泽东选集》里的注解读完了，又没有东西读了，怎么办？我就去看大字报。那个时候的大字报还是很好看的，“文革”进入了后期，大字报除了大篇幅的革命式句子外，开始有一些色情内容的描写，比如说谁和谁通奸，我就在一排排大字报里面找“通奸”这个词，然后去看这些内容，当然内容很少，也没有性描写，但是有通奸故事。当时每天放学回家路上，我都先去看看大字报有没有新的通奸故事出来，因为没有实质性的描写，看多了也没兴趣了。到了上高中的时候，能够找到一些“文革”时期的禁书，这些应该被销毁的书籍被悄悄保存下来，在“文革”后期私下流传。这些书籍有一个共同特点，就是前面少了十多页，后面也少了十多页。一本书要经过很多人的手才会传到我手上，往往要在一天内看完，在我后面还有不少人排队要看。那时候的我读过几本不知道书名、不知道开头也不知道结尾的小说。不知道小说的开头还可以忍受，但是不知道小说的结尾太难受了，我到处去打听小说后面的结尾。我问别人，他们也像我一样不知道，最多比我多看一页。我记得当时看过的一本外国小说，里面有不少性描写，我看的时候心惊肉跳，一边看一边观察旁边是否有人。改革开放以后，很多“文革”前出版过的书重新出版，还有一些“文革”前没有出版的书也开始出版。我当时买了莫泊桑的《一生》，看了四分之一时发现这部小说就是当年让我心惊肉跳的那本书。

在我的记忆里，我大概看过十多本没头没尾的书，不知道故事怎么结束让我很痛苦，当时也没有一个人可以告诉我结尾是什么，我就像国际歌里面唱的那样“从来没有神仙皇帝，一切只靠我们自己”，开始自己给那些小说编结尾。我晚上睡觉前躺在床上就开始编结尾，一个一个编完之后，觉得不好就重新编，基本上我就是以这样的方式度过了一天又一天。现在回忆起来，当我还没有成年的时候，我已经开始在训练自己的想象力，这对我以后成为一个作家有很大的帮助。所以生活不会辜负我们，只有我们会辜负生活，不管什么样的生活都会给我们带来财富。毛泽东说“好事会变成坏事，坏事会变成好事”，对我来说就是坏事变成了好事。这是我最初的阅读故事。

下面说说我最初的写作故事。我最初的写作应该是在“文革”时期，当时我们为了练字写了大字报，那时候写大字报可以向学校要纸和毛笔以及墨汁。我们写的大字报有一个套路，开头抄《人民日报》，中间抄《浙江日报》，结尾抄上海的《解放日报》，一张大字报就完成了。内容空洞无物，我们都为抄写大字报深感骄傲，老师们也对我们很欣赏，因为我们的大字报从不批评攻击某个人，都是一些空洞的口号。为什么要写大字报？那时正好出了一个黄帅事件，这个事件你们这一代不知道。事件的起因是当时黄帅上课做小动作，老师对她说：“我真想拿教鞭敲你的头。”十二岁的黄帅不服气，反驳老师，说教鞭让你用来教学生的，不是用来打学生脑袋的。那个后来倒霉的老师更生气了，发动班上的同学批判黄帅，黄帅就给《北京日报》写了一封信，信发表后被江青看到了，江青就把黄帅树立为反潮流英雄。然后全国掀起了学习黄帅的运动，反对师道尊严。那个时候的老师本来就没有现在的老师牛逼，黄帅事件一出他们全都灰溜溜了，个个夹着尾巴做人。我们学生当然扬眉吐气，“文革”时期大家本就无心上课，发生黄帅事件后我们更加不好好上课。我进入中学以后，有过三个语文老师，关系都跟我很好，因为我作文写得好。其中一个语文老师人不错，他有时候会给我一根烟抽，我也会给他一根烟抽。他是自己花钱买的烟，我是从家里偷了父亲的烟。当时我父亲抽烟不多，一天只抽三四根，买烟是一条一条地买，为了防止我和哥哥偷偷抽他的烟，我父亲每抽完一根烟会仔细数数烟盒里还有多少根，但他从来不数一条里面还剩几盒，所以我从来不在烟盒里偷，每次我都在拆开的一条里偷一盒。我哥哥在他拆开的盒里偷过一根烟被他发现了，我整盒整盒地偷他一直没有发现。当时，口袋里有香烟的我在同学中很有号召力，我身边总是围着几个人，问我有没有香烟，然后我们跑到学校围墙外面去抽烟。我和这个语文老师的关系很好，已经到了互相给烟抽的关系。黄帅事件后这个老师找到我，原因是当时作为工宣队长的学校领导很生气，批判别的老师的大字报都有了，为什么这个老师没有。所以这个老师要求我写一张批判他的大字报，我就给他写了一张。我的大字报写得不错，大部分内容都是报纸上抄来的革命句子，只是在中间点一下他的名字，说这个老师也有类似的缺点或者错误之类的，都是空洞的错误，没有实际的错误。但是我把事情做过了，把大字报贴错了地方，贴到了这个老师家门口。这个老师又找到我说，不要贴到他家门口，工宣队长没看见，他家邻居倒看见了，让他很难堪。于是我把内容重抄了一遍，贴到工宣队长的办公室门外。这是我记忆里写大字报最有意思的一次，我写的内容先在这个老师的家门口发表了一次，又在工宣队长的办公室门外转载了一次。

当我正式开始写小说时，当时中国文学界追捧一个英国诗人 T. S. 艾略特。我读了他的传记，他在中学毕业以前已经读过一千多部经典文学作品，他走出中学校门不需要再读文学作品，只要写文学作品就行了。我当时很羡慕他，我在中学的时候只读了十多本没头没尾的书，还有《毛泽东选集》里的注解，以及在大字报里大海捞针般地去寻找通奸小故事。当然我读过很多鲁迅的作品，从小学到中学的课本里，但是当时不喜欢鲁迅，直到 1996 年重读鲁迅，才知道他有多么了不起。我的经历告诉你们一个道理：做一个作家只要认识一些字，会写一些字就足够了，有文化的人能成为作家，没文化的人也能成为作家。作家是什么？用吉卜赛人的话来说，就是把别人的故事告诉别人，再向别人要钱的那种人。

我的文学白日梦

我刚刚开始喜欢文学时，正在宁波第二医院口腔科进修，有位同屋的进修医生知道我喜欢文学，而且准备写作，他以过来人的身份告诉我，他从前也是文学爱好者，也做过文学白日梦，他劝我不要胡思乱想去喜欢什么文学了，他说："我的昨天就是你的今天。"我当时回答他："我的明天不是你的今天。"那是1980年，我二十岁。

我1993年开始用电脑写作，已经是386时代了。前面用手写了十年，右手的食指和中指上都起了厚厚的茧，曾经骄傲过，后来认识了王蒙，看到他手指上的茧像黄豆一样隆起，十分钦佩，以后不敢再骄傲了。1993年到现在已经十二年了，打这些字时仔细摸了一下自己右手的食、中二指，茧没了。王蒙286

时代就用电脑写作了，比我早几年，不过我敢确定他手指上的茧仍在，那是大半辈子的功力。我的才十年，那茧连老都称不上。

我从短篇小说开始，写到中篇，再写到长篇，是当时中国的文学环境决定的，当时中国可以说是没有文学出版，起码是出版不重要，当时的写作主要是为了在文学杂志上发表。现在我更愿意写长篇小说了，我觉得写短篇小说是一份工作，几天或者一两个星期完成，故事语言完全在自己的控制之中，不会出现什么意外。写长篇小说就完全不一样了，一年甚至几年都不能完成，作家在写作的时候，笔下人物的生活和情感出现变化时，他自己的情感和生活可能也在变化，所以事先的构想在写作的过程中会被突然抛弃，另外的新构想出现了，写长篇小说就和生活一样，充满了意外和不确定。我喜欢生活，不喜欢工作，所以我更喜欢写作长篇小说。

十多年前我刚刚发表《活着》时，有些朋友很吃惊，因为我出乎他们意料，一个他们眼中的先锋作家突然写下一部传统意义上的小说，他们很不理解。当时我用一句话回答他们："没有一个作家会为一个流派写作。"现在十多年过去了，我越来越清楚自己是一个什么样的作家。我只能用大致的方式说，我觉得作家在叙述上大致分为两类，第一类作家通过几年的写作，建立了属于自己的成熟的叙述系统，以后的写作就是一种风格的叙述不断延伸，哪怕是不同的题材，也都会纳入这个系统之中。第二类作家是建立了成熟的叙述系统之后，马上就会发现自己最拿手的叙述方式不能适应新题材的处理，这样他们就必须去寻找最适合表达这个新题材的叙述方式，这样的作家其叙述风格总是会出现变化。我是第二类的作家。二十年前我刚刚写下《十八岁出门远行》时，以为找到了自己一生的叙述方式。可是到了《活着》和《许三观卖血记》，我的叙述方式完全变了，当时我以为自己还会用这样的方式写下几部小说。没有想到写出来的是《兄弟》，尤其是下部，熟悉我以前作品的读者一下子找不到我从前的叙述气息。说实话，《兄弟》之后，我不知道下一部长篇小说是什么模样，我现在的写作原则是：当某一个题材让我充分激动起来，并且让我具有了持久写下去的欲望时，我首先要做的是尽快找到最适合这个题材的叙述方式，同时要努力忘掉自己过去写作中已经娴熟的叙述方式，因为它们会干扰我寻找最适合的叙述方式。我坚信不同的题材应该有不同的表达方式，所以我的叙述风格总会出现变化。我深感幸运的是，总是有人理解我的不断变化。有读者说："为什么我们不可以先放下以往的余华，为什么我们不可以从《兄弟》本身来阅读，试图了解作者到底通过这样的一本书告诉我们什么？"

一个作家的力量

我很欣赏美国笔会在授予《等待》2000年福克纳小说奖时，对哈金的赞誉："在疏离的后现代时期，仍然坚持写实派路线的伟大作家之一。"

2003年初春的时候，我在北京国林风书店买到了《等待》，然后又见了几个朋友，回家时已是深夜，我翻开了这部著名的小说，打算读上一两页，了解一下哈金的叙述风格就睡觉。没想到我一口气读完了这部书，当我翻过最后一页时已经是晨光初现，然后我陷入冥思苦想之中。我惊讶哈金推土机似的叙述方式，笨拙并且轰然作响。哈金的写作是一步一个脚印，每一段叙述都是扎扎实实的。在他的小说里，我们读不到那些聪明作家惯用的回避和跳跃，这种无力的写作至今风行，被推崇为写作的灵气。作为同行，我知道迎面而上的写作是最困难的，也是最需要力量和勇气的。有位古罗马时期的哲学家说，最优秀的学者不是最聪明的人；哈金一步一个脚印的写作证明了同样的道理，最优秀的作家不是最聪明的人。

这个1956年出生的中国人，当过兵，念过大学，二十九岁时漂洋过海去了美国，获得博士学位，任教于美国的大学，这是那个时代很多年轻中国学子选择的康庄大道。可是用英语写作后，哈金奇特的人生之路开始了。毕竟哈金去美国时不是一个孩子，已经是一个成年人了，一个带着深深的中国现实和中国历史烙印的成年人，用异国他乡的语言来表达自己故乡的悲喜交集，这不是一件容易的事。可是哈金做到了，他的每一部英语小说都要修改二十多遍，有的甚至修改四十多遍，这样的修改并不是针对人物和故事细节上的把握，而是针对英语用词分寸的把握。美国是一个在很多方面十分规矩的国家，作为著名的波士顿大学英语文学写作的教授，哈金不能向他的同事请教用词，更不能向他的学生请教，哈金的太太是一位地道的中国人，她的英语表达能力远远不如哈金，哈金在用英语写作时可以说是举目无亲，只能自己苦苦摸索。我可以想象这样的困难，尤其是刚开始使用英语写作时的困难，几十次地去辨认那些没有十足把握的词汇简直要命，哈金没有因此进入疯人院已经是一个奇迹了，竟然还能让他始终保持强大的写作力。或许正是强大的写作力在酬谢哈金的写作毅力的同时，也让他大脑里的方向盘没有出现故障。

就是这样一位作家，写出来的英文让一些纯种美国人都赞叹不已。（几年前，普林斯顿大学的林培瑞教授告诉我，哈金说英文时还有一些中国人的腔调，可是写出来的英文十分地道十分出色。）而我，一个中国人，读到自己同胞的小说时，却是一部翻译小说。可是这部名叫《等待》的翻译小说，让我如此接近中国的历史和现实，近到几乎粘贴在一起了。很多生于中国，长于中国，甚至从未离开过中国的作家写出来的小说，为什么总让我觉得远离中国的历史和中国的现实？当我读到了太多隔靴搔痒的中国故事之后，远离中国的哈金让我读到了切肤之痛的中国故事。

我想这就是一个作家的力量，无论他身在何处，他的写作永远从根部开始。哈金小说所叙述的就是中国历史和现实的根部，那些紧紧抓住泥土的有力的根，当它们隆出地面时让我们看到了密集的关节，这些老骥伏枥的关节讲述的就是生存的力量。

《等待》之后，我读了哈金的《疯狂》《新郎》《池塘》《好兵》和《战废品》；2009 年我在美国旅行途中读完了他的《自由生活》；去年一口气读完了他的新作《南京安魂曲》。有趣的是，除了《等待》和《南京安魂曲》，哈金其他的小说我阅读的都是台湾出版的中文繁体字版，现在继《南京安魂曲》在大陆出版后，哈金的另外四部小说《等待》《新郎》《池塘》和《好兵》也将在大陆出版，终于等来中文简体版了。虽然《疯狂》《战废品》和《自由生活》的暂时缺席让人遗憾，这也是第一次在中国大陆开始展示哈金的叙述之路了。这位美国的少数民族作家，在享誉国际文坛之后，以这样的带有缺憾的方式回来，仍然令人欣喜。在我眼中，哈金永远是一位中国作家，因为他写下了地道的和有力的中国故事，虽然他使用了我所不懂的语言。

我难忘第一次在波士顿见到哈金的情景，那天晚上大雨滂沱，哈金带着我们一家三口在哈佛广场寻找酒吧，所有的酒吧都拒绝我当时只有十岁的儿子进入，最后我们四个人在大雨中灰溜溜地来到了旅馆，在房间里开始了我们的长谈。那是 2003 年 11 月的某一天。

关于回忆和回忆录

根据西班牙《先锋报》1998 年 3 月 23 日报道，加西亚·马尔克斯正在写作回忆录《为讲故事的生活》，计划写六卷，每卷四百页左右。

他说："我发现，我全部人生都被概括进了我的小说。而我在回忆中要做的不是解说我的一生，而是解说我的小说，这是解说我的一生的真正途径。"

在《世界文学》2000 年第 6 期上，刊登了《归根之旅——加西亚·马尔克斯传》的选译，作者也是一个哥伦比亚人，名叫达索·萨尔迪瓦尔。在这部传记作品中，作者选择了最为常见的传记方式，试图用作家的经历来诠释作家的作品。

比如当作者写到加西亚·马尔克斯的父亲向他的母亲求婚，

并且只给她二十四小时的考虑时间时，这样写：“然而在这个期限内路易莎不能向他做出任何回答，因为恰在这时候她的姥姥弗朗西斯卡·西莫多塞阿·梅希娅朝扁桃树下走来。她即是《霍乱时期的爱情》中的埃斯科拉斯蒂卡·达莎大婶的原型。”或者在写到少年马尔克斯带着二百比索，独自一人前往波哥大求学时：“全家人到《没有人给他写信的上校》和《一桩事先张扬的凶杀案》中的那个简陋的码头送别他……”还有：“比利时人埃米利奥不但部分地变成了《枯枝败叶》里那个神秘的吃素的法国医生，而且多年以后死而复苏，赫雷米亚斯·德圣阿莫尔的名字作为安的列斯群岛来的难民、战争残疾人和儿童摄影师出现在《霍乱时期的爱情》中。”类似的段落在这本传记里比比皆是。

传记作家们有一个天真的想法，以为通过自己辛勤的工作，就可以还原或者部分还原撰写人物的真实经历。像这位达索·萨尔迪瓦尔先生，资料上说他穷其二十年的努力，才完成这一本《归根之旅》。这样的作家往往被资料和采访中的回忆所控制，并且为这些资料和回忆的真实性所苦恼，事实上这是没有必要的。

还原的作用在化学中也许切实可行，在历史和传记中，这其实是一个被知识分子虚构出来的事实。我的解释是，即使资料和图片一丝不苟地再现了当时的场景，即使书面或者口述的回忆为我们真实地描绘了当时的细节，问题是当时的情感如何再现？这些回忆材料的使用者如何放弃他们今天的立场？如何去获得回忆材料本身所处的时代的经验？一句话就是如何去放弃自己的思想和情感，从而去获得传记人物在其人生的某一时刻的细微情感。事实上这是不可能的，任何一个人试图去揭示某个过去时代时，总是带着他所处时代的深深的烙印，就是其本人的回忆也同样如此。

另一方面，生平和业绩所勾勒出来的人生仅仅是这些人物生活中的一部分，还有更多的不为人所知的部分，当然这并不是很重要。在我看来，最重要的是传记中的人物还拥有着漫长的和十分隐秘的人生，尤其是对加西亚·马尔克斯这样的人，他的欲望和他的幻想比他明确的人生更能表达他的生活历程，用他自己的话说是“一生都被概括进了小说”，这是传记作家们很难理解的事实，他的虚构部分比他的生活部分可能更重要，而且有着难以言传的甜蜜。

虽然加西亚·马尔克斯在其自传中也像达索·萨尔迪瓦尔那样处理了自己的小说和自己的人生，他说：“我在回忆中要做的不是解说我的一生，而是解说我的小说，这是解说我的一生的真正途径。”然而他所做的工作是丰富和浩瀚的工作，达索·萨尔迪瓦尔所做的只是简单的工作。换句话说，加西亚·马尔克斯要做的恰恰与达索·萨尔迪瓦尔相反，当达索·萨尔迪瓦尔试图在《归根之旅》中使加西亚·马尔克斯的一生变得清晰起来时，加西亚·马尔克斯的《为讲故事的生活》是为了使自己的一生变得模糊起来。

川端康成和卡夫卡的遗产

川端康成和卡夫卡，来自东西方的两位作家，在 1982 年和 1986 年分别让我兴奋不已。虽然不久以后我发现他们的缺陷和他们的光辉一样明显。然而当我此刻再度回想他们时，犹如在阴天里回想阳光灿烂的情景。

川端康成拥有两根如同冬天里的枯树枝一样的手臂，他挂在嘴角的微笑有一种衰败的景象。从作品中看，他似乎一直迷恋少女。直到晚年的写作里，对少女的肌肤他依然有着少男般的憧憬。我曾经看到一部日本出版的川端康成影册，其中有一幅是他在接受诺贝尔文学奖时的演说，面对他的第一排坐着几位身穿和服手持鲜花的日本少女。他还可能喜欢围棋，他的《名人》是一部激动人心的小说。

《美的存在与发现》是他自杀前在夏威夷的文学演说，文中对阳光在玻璃杯上移动的描叙精美至极，显示了川端在晚年时感觉依然生机勃勃。文后对日本古典诗词的回顾与他的《我在美丽的日本》一样，仅仅只是体现了他是一位出众的鉴赏家。而作为小说家来说，这两篇文章缺乏对小说具有洞察力的见解，或许他这样做是企图说明自己作品的渊源，从而转弯抹角地回答不久以前对他们（新感觉派）的指责，指责认为他们是模仿表现主义、达达主义、莫朗等。这时候的川端有些虚弱不堪。

1982 年在浙江宁波甬江江畔一座破旧公寓里，我最初读到川端康成的作品，是他的《伊豆的舞女》。那次偶然的阅读，导致我一年之后正式开始写作，和一直持续到 1986 年春天对川端的忠贞不渝。那段时间我阅读了译为汉语的所有川端作品。他的作品我都是购买双份，一份保存起来，另一份放在枕边阅读。后来他的作品集出版时不断重复，但只要一本书中有一个短篇我藏书里没有，购买时我就毫不犹豫。

现在回想起来，当初对川端的迷恋来自我写作之初对作家目光的发现。无数事实涌出经验，在作家目光之前摇晃，这意味着某种形式即将诞生。川端的目光显然是宽阔和悠长的。他在看到一位瘸腿的少女时给予了深切的同情，她与一个因为当兵去中国的青年男子订婚，这是战争给予她的短暂恩赐。未婚夫的战死，使婚约解除，她离开婆家独自行走，后来伫立在一幢新屋即将建立处，新屋暗示着一对新婚夫妇即将搬入居住。两个以上的、可能是截然无关的事实可以同时进入川端的目光，即婚约的解除与新屋的建成。

《雪国》和《温泉旅馆》是川端的杰作，还有《伊豆的舞女》等几个短篇。《古都》对风俗的展示过于铺张，《千只鹤》里有一些惊人的感受，但通篇平平常常。

川端的作品笼罩了我最初三年多的写作。那段时间我排斥了几乎所有别的作家，只接受普鲁斯特和曼斯菲尔德等少数几个多愁善感的作家。

这样的情形一直持续到1986年春天。一个偶然的机会让我发现了卡夫卡。我是和一个朋友在杭州逛书店时看到一本《卡夫卡小说选》的。那是最后一本，我的朋友先买了。后来在这个朋友家聊天，说到《战争与和平》，他没有这套书。我说我可以设法搞到一套，同时我提出一个前提，就是要他把《卡夫卡小说选》给我。他的同意使我在不久之后的一个夜晚读到了《乡村医生》。那部短篇使我大吃一惊。事情就是这样简单，在我即将沦为文学迷信的殉葬品时，卡夫卡在川端康成的屠刀下拯救了我。我把这理解成命运的一次恩赐。

《乡村医生》让我感到作家在面对形式时可以是自由自在的，形式似乎是“无政府主义”的，作家没有必要依赖一种直接的、既定的观念去理解形式。在某种意义上说，作家完全可以依据自己心情是否愉快来决定形式是否愉悦。在我想象力和情绪力日益枯竭的时候，卡夫卡解放了我，使我三年多时间建立起来的一套写作法则在一夜之间成了一堆破烂。不久以后我注意到了一种虚伪的形式（参见《虚伪的作品》一文）。这种形式使我的想象力重新获得自由，犹如田野上的风一样自由自在。只有这样，写作对我来说才如同普鲁斯特所说的“有益于身心健康”。

以后读到的《饥饿艺术家》《在流放地》等小说，让我感到意义在小说中的魅力。川端康成显然是属于排斥意义的作家。而卡夫卡则恰恰相反，卡夫卡所有作品的出现都源于他的思想。他的思想和时代格格不入。我在了解到川端康成之后，再试图去了解日本文学，那么就会发现某种共同的标准，所以川端康成的出现没有丝毫偶然的因素。而卡夫卡的出现则可以说是一个奇迹了，文学史上的奇迹。

从相片上看，卡夫卡脸型消瘦，锋利的下巴有些像匕首。那是一个内心异常脆弱过敏的作家。他对自己的隐私保护得非常好。即使他随便在纸片上涂下的素描，一旦被人发现也立即藏好。我看到过一些他的速写画，基本上是一些人物和椅子及写字台的关系，他的速写形式十分孤独，他只采用直线，在一切应该柔和的地方他一律采取坚硬的直线。这暗示了某种思维特征。他显然是善于进行长驱直入的思索的。他的思维异常锋利，可以轻而易举地直达人类的痛处。

《审判》是卡夫卡三部长篇之一，非常出色。然而卡夫卡在对人物 K 的处理上过于随心所欲，从而多少破坏了他严谨的思想。

川端康成过于沉湎在自然的景色和女人的肌肤的光泽之中。卡夫卡则始终听任他的思想使唤。因此作为小说家来说，他们显然没有福克纳来得完善。

无论是川端康成，还是卡夫卡，他们都是极端个人主义的作家。他们的感受都是纯粹个人化的，他们感受的惊人之处也在于此。

川端康成在《禽兽》的结尾，写到一个母亲凝视死去的女儿时的感受，他这样写：

> 女儿的脸生平第一次化妆，真像是一位出嫁的新娘。

而在卡夫卡的《乡村医生》中，医生看到患者的伤口时，感到有些像玫瑰花。

川端康成和卡夫卡的遗产是两座博物馆，所要告诉我们的是文学上曾经出现过什么；而不是两座银行，他们不供养任何后来者。

博尔赫斯的现实

这是一位退休的图书馆馆长、双目失明的老人、一位女士的丈夫、作家和诗人。就这样，晚年的博尔赫斯带着四重身份，离开了布宜诺斯艾利斯之岸，开始其漂洋过海的短暂生涯，他的终点是日内瓦。就像其他感到来日不多的老人一样，博尔赫斯也选择了落叶归根，他如愿以偿地死在了日内瓦。一年以后，他的遗孀接受了一位记者的采访。

玛丽娅·科达玛因为悲伤显得异常激动，记者在括号里这样写道："整个采访中，她哭了三次。"然而有一次，科达玛笑了，她告诉记者："我想我将会梦见他，就像我常常梦见我的父亲一样。密码很快就会出现，我们两人之间新的密码，需要等待……这是一个秘密。它刚刚到来……我与我父亲之间就有一个密码。”

作为一位作家，博尔赫斯与现实之间似乎也有一个密码，使迷恋他的读者在他生前，也在他死后都处于科达玛所说的“需要等待”之中，而且“这是一个秘密”。确实是一个秘密，很少有作家像博尔赫斯那样写作，当人们试图从他的作品中眺望现实时，能看到什么呢？

他似乎生活在时间的长河里，他的叙述里转身离去的经常是一些古老的背影，来到的又是虚幻的声音，而现实只是昙花一现的景色。于是就有了这样的疑惑，从 1899 年 8 月 24 日到 1986 年 6 月 14 日之间出现过的那个名叫博尔赫斯的生命，是否真的如此短暂？因为人们阅读中的博尔赫斯似乎有着历史一样的高龄，和源源不断的长寿。

就像他即将落叶归根之时，选择了日内瓦，而不是他的出生地布宜诺斯艾利斯，博尔赫斯将自己的故乡谜语般地隐藏在自己的内心深处，他也谜语一样地选择了自己的现实，让它在转瞬即逝中始终存在着。

这几乎也成了博尔赫斯叙述时的全部乐趣。在和维尔杜戈-富恩斯特的那次谈话里，博尔赫斯说：“他（指博尔赫斯自己）写的短篇小说中，我比较喜欢的是《南方》《乌尔里卡》和《沙之书》。”

《乌尔里卡》开始于一次雪中散步，结束在旅店的床上。与博尔赫斯其他小说一样，故事单纯得就像是挂在树叶上的一滴水，一个上了年纪的男人和一个似乎还年轻的女人。博尔赫斯在小说的开始令人费解地这样写道:“我的故事一定忠于事实,或者至少忠于我个人记忆所及的事实。”

这位名叫乌尔里卡的女子姓什么?哈维尔·奥塔罗拉,也就是叙述中的“我”并不知道。两个人边走边说,互相欣赏着对方的发言,由于过于欣赏,两个人说的话就像是出自同一张嘴。最后“天荒地老的爱情在幽暗中荡漾,我第一次也是最后一次占有了乌尔里卡肉体的形象”。

为什么在“肉体”的后面还要加上“形象”?从而使刚刚来到的“肉体”的现实立刻变得虚幻了。这使人们有理由怀疑博尔赫斯在小说开始时声称的“忠于事实”是否可信。因为人们读到了一个让事实飞走的结尾。其实博尔赫斯从一开始就不准备拿事实当回事,与其他的优秀作家一样,叙述中的博尔赫斯不会是一个信守诺言的人。他将乌尔里卡的肉体用“形象”这个词虚拟了,并非他不会欣赏和品味女性之美,这方面他恰恰是个行家,他曾经在另一个故事里写一位女子的肉体时,使用了这样的感受——“平易近人的身体”。他这样做就是为了让读者离开现实,这是他一贯的叙述方式,他总是乐意表现出对非现实处理的更多关心。

仍然是在和维尔杜戈-富恩斯特的那次谈话里,我们读到了两个博尔赫斯,作为“我”的这个博尔赫斯谈论着那个“他”的博尔赫斯。有意思的是,在这样一次随便的朋友间的交谈里,博尔赫斯议论自己的时候,始终没有使用“我”这个词,就像是议论别人似的说“他”,或者就是直呼其名。谈话的最后,博尔赫斯告诉维尔杜戈－富恩斯特："我不知道我们两人之中谁和你谈话。"

这让我们想到了那篇只有一页的著名短文《博尔赫斯和我》，一个属于生活的博尔赫斯如何对那个属于荣誉的博尔赫斯心怀不满，因为那个荣誉的博尔赫斯让生活中的博尔赫斯感到自己不像自己了，就像老虎不像老虎，石头不像石头那样，他抱怨道："与他的书籍相比，我在许多别的书里，在一把吉他累人的演奏之中，更能认出我自己。"

然而到了最后，博尔赫斯又来那一套了："我不知道我俩之中是谁写下了这一页。"

这就是怀疑，或者说这就是博尔赫斯的叙述。在他的诗歌里，在他的故事里，以及他的随笔，甚至是那些前言里，博尔赫斯让怀疑流行在自己的叙述之中，从而使他的叙述经常出现两个方向，它们互相压制，同时又互相解放。

当他一生的写作完成以后，在其为数不多的作品里，我们看到博尔赫斯有三次将自己放入了叙述之中。第三次是在 1977 年，已经双目失明的博尔赫斯写下了一段关于 1983 年 8 月 25 日的故事，在这个夜晚的故事里，六十一岁的博尔赫斯见到了八十四岁的博尔赫斯，年老的博尔赫斯说话时，让年轻一些的博尔赫斯感到是自己在录音带上放出的那种声音。与此同时，后者过于衰老的脸，让年轻的博尔赫斯感到不安，他说："我讨厌你的面孔，它是我的漫画。"

"真怪，"那个声音说，"我们是两个人，又是一个人……"

这个事实使两个博尔赫斯都深感困惑，他们相信这可能是一个梦，然而，“到底是谁梦见了谁？我知道我梦见了你，可是不知道你是否也梦见了我？”……“最重要的是要弄清楚，是一个人做梦还是两个人做梦。”有趣的是，当他们回忆往事时，他们都放弃了“我”这个词，两个博尔赫斯都谨慎地用上了“我们”。

与其他作家不一样，博尔赫斯在叙述故事的时候，似乎有意要使读者迷失方向，于是他成了迷宫的创造者，并且乐此不疲。即便是在一些最简短的故事里，博尔赫斯都假装要给予我们无限多的乐趣，经常是多到让我们感到一下子拿不下。而事实上他给予我们的并不像他希望的那么多，或者说并不比他那些优秀的同行更多。不同的地方就在于他的叙述，他的叙述总是假装要确定下来了，可是永远无法确定。我们耐心细致地阅读他的故事，终于读到了期待已久的肯定时，接踵而来的立刻是否定。于是我们又得重新开始，我们身处迷宫之中，而且找不到出口，这似乎正是博尔赫斯乐意看到的。

另一方面，这样的叙述又与他的真实身份——图书馆员吻合了起来，作为图书馆员的他，有理由将自己的现实建立在九十万册的藏书之上，以此暗示他拥有了与其他所有作家完全不同的现实，从而让我们读到“无限、混乱与宇宙，泛神论与人性，时间与永恒，理想主义与非现实的其他形式”。《迷宫的创造者博尔赫斯》的作者安娜·玛丽亚·巴伦奈切亚这样认为：“这位作家的著作只有一个方面——对非现实的表现——

得到了处理。”

这似乎是正确的，他的故事总是让我们难以判断：是一段真实的历史还是虚构的？是深不可测的学问还是平易近人的描叙？是活生生的事实还是非现实的幻觉？叙述上的似是而非，使这一切都变得真假难辨。

在那篇关于书籍的故事《沙之书》里，我们读到了一个由真实堆积起来的虚幻。一位退休的老人得到了一册无始无终的书：

“页码的排列引起了我的注意，比如说，逢双的一页印的是40，514，接下去却是999。我翻过那一页，背面的页码有八位数。像字典一样，还有插画：一个钢笔绘制的铁锚……我记住地方，合上书。随即又打开。尽管一页一页地翻阅，铁锚图案却再也找不到了。”

“他让我找第一页……我把左手按在封面上，大拇指几乎贴着食指去揭书页。白费劲，封面和手之间总有好几页。仿佛是从书里冒出来的……现在再找找最后一页……我照样失败。”

“我发现每隔两千页有一帧小插画。我用一本有字母索引的记事簿把它们临摹下来，记事簿不久就用完了。插画没有一张重复。”

这些在引号里的段落是《沙之书》中最为突出的部分，因为它将我们的阅读带离了现实，走向令人不安的神秘。就像作品中那位从国立图书馆退休的老人一样，用退休金和花体字的威克利夫版《圣经》换来了这本神秘之书，一本随时在生长和消亡的无限的书，最后的结局却是无法忍受它的神秘。他想到“隐藏一片树叶的最好地点是树林”，于是就将这本神秘之书偷偷放在了图书馆某一层阴暗的搁架上，隐藏在了九十万册藏书之中。

博尔赫斯在书前引用了英国玄学派诗人乔治·赫伯特的诗句：

……你的沙制的绳索……

他是否在暗示“沙之书”其实和赫伯特牧师的“沙制的绳索”一样的不可靠？然而在叙述上，《沙之书》却是用最为直率的方式讲出的，同时也是讲述故事时最为规范的原则。我们读到了街道、房屋、敲门声、两个人的谈话，谈话被限制在买卖的关系中……

显然，博尔赫斯是在用我们熟悉的方式讲述我们所熟悉的事物，即使在上述引号里的段落，我们仍然读到了我们的现实：“页码的排列”“我记住地方，合上书”“我把左手按在封面上”“把它们临摹下来”，这些来自生活的经验和动作让我们没有理由产生警惕，恰恰是这时候，令人不安的神秘和虚幻来到了。

这正是博尔赫斯叙述里最为迷人之处，他在现实与神秘之间来回走动，就像在一座桥上来回踱步一样自然流畅和从容不迫。与他的其他故事相比，比如说《巴别图书馆》这样的故事，

《乌尔里卡》和《沙之书》多少还为我们提供了一些现实的场景和可靠的时间，虽然他的叙述最终仍然让我们感到了场景的非现实和时间的不可靠，起码我们没有从一开始就昏迷在他的叙述之中。而另外一些用纯粹抽象方式写出的故事，则从一开始就拒我们于千里之外，如同观看日出一样，我们知道自己看到了，同时也看清楚了，可是我们永远无法接近它。虽然里面迷人的意象和感受已经深深地打动了我们，可我们依然无法接近。值得注意的是这些意象和感受总是和他绵绵不绝的思考互相包括，丝丝入扣之后变得难以分辨。

于是博尔赫斯的现实也变得扑朔迷离，他的神秘和幻觉、他的其他的非现实倒是一目了然。他的读者深陷在他的叙述之中，在他叙述的花招里长时间昏迷不醒，以为读到的这位作家是史无前例的，读到的这类文学也是从未有过的，或者说他们读到的已经不是文学，而是智慧、知识和历史的化身。最后他们只能同意安娜·玛丽亚·巴伦奈切亚的话：读到的是“无限、混乱与宇宙，泛神论与人性，时间与永恒，理想主义与非现实的其他形式”。博尔赫斯自己也为这位女士的话顺水推舟，他说：“我感谢她对一个无意识过程的揭示。”

事实上，真正的博尔赫斯并非如此虚幻。当他离开那些故事的叙述，而创作他的诗歌和散文时，他似乎更像博尔赫斯。他在一篇题为《神曲》的散文里这样写：“但丁试图让我们感到离弦飞箭到达的速度，就对我们说，箭中了目标，离了弦，把因果关系倒了过来，以此表现事情发生的速度是多么快……

我还要回顾一下《地狱篇》第五唱的最后一句……‘倒下了，就像死去的躯体倒下。’为什么令人难忘？因为有‘倒下’的声响。”

在这里，博尔赫斯向我们揭示了语言里最为敏感的是什么。就像他在一篇小说里写到某个人从世上消失时，用了这样的比喻：“仿佛水消失在水中。”他让我们知道，比喻并不一定需要另外事物的帮助，水自己就可以比喻自己。他把本体和喻体，还有比喻词之间原本清晰可见的界线抹去了。

在一篇例子充足的短文《比喻》里面，博尔赫斯指出了两种已经存在的比喻：亚里士多德认为比喻生成于两种不同事物的相似性，和斯诺里所收集的并没有相似性的比喻。博尔赫斯说：“亚里士多德把比喻建立在事物而非语言上……斯诺里收集的比喻不是……只是语言的建构。”

历史学家斯诺里·斯图鲁松所收集的冰岛诗歌中的比喻十分有趣，博尔赫斯向我们举例：“比如愤怒的海鸥、血的猎鹰和血色或红色天鹅象征的乌鸦；鲸鱼屋子或岛屿项链意味着大海；牙齿的卧室则是指嘴巴。”

博尔赫斯随后写道：“这些串联在诗句中的比喻一经他精心编织，给人（或曾给人）以莫大的惊喜。但是过后一想，我们又觉得它们没有什么，无非是些缺乏价值的劳作。”

在对亚里士多德表示了温和的不赞成，对斯诺里的辛勤劳动否定之后，博尔赫斯顺便还嘲笑了象征主义和辞藻华丽的意大利诗人马里诺，接下去他一口气举出了十九个比喻的例子，并且认为“有时候，本质的统一性比表面的不同性更难觉察”。

显然，博尔赫斯已经意识到了比喻有时候也存在于同一个事物的内部，这时候出现的比喻往往是最为奇妙的。虽然博尔赫斯没有直接说出来，当他对但丁的“倒下了，就像死去的躯体倒下”赞不绝口的时候，当他在《圣经·旧约》里读到“大卫长眠于父母身旁，葬于大卫城内”时，他已经认识了文学里这一支最为奇妙的家族，并且通过写作，使自己也成为这一家族中的成员。

于是我们读到了这样的品质，那就是同一个事物就足可以完成一次修辞的需要，和结束一次完整的叙述。博尔赫斯具备了这样的智慧和能力，就像他曾经三次将自己放入叙述之中，类似的才华在他的作品里总是可以狭路相逢。这才真正是他与同时代很多作家的不同之处，那些作家的写作都是建立在众多事物的关系上，而且还经常是错综复杂的关系，所以他们必须解开上百道方程式，才有希望看到真理在水中的倒影。

博尔赫斯不需要通过几个事物相互建立起来的关系写作，而是在同一事物的内部进行着瓦解和重建的工作。他有着奇妙的本领，他能够在相似性的上面出现对立，同时又可以是一致。他似乎拥有了和真理直接对话的特权，因此他的声音才是那样的简洁、纯净和直接。

他的朋友，美国人乔瓦尼在编纂他的诗歌英译本的时候发现：“作为一个诗人，博尔赫斯多年来致力于使他的写作愈来愈明晰、质朴和直率。研究一下他通过一本又一本诗集对早期诗作进行的修订，就能看出一种对巴洛克装饰的清除，一种对使用自然词序和平凡语言的更大关心。”

在这个意义上，博尔赫斯显然已经属于了那个古老的家族。在他们的族谱上，我们可以看到这样的名字：荷马、但丁、蒙田、塞万提斯、拉伯雷、莎士比亚……虽然博尔赫斯的名字远没有他那些遥远的前辈那样耀眼，可他不多的光芒足以照亮一个世纪，也就是他生命逗留过的20世纪。在博尔赫斯这里，我们看到一种古老的传统，或者说是古老的品质，历尽艰难之后永不消失。这就是一个作家的现实。

当他让两个博尔赫斯在漫长旅途的客栈中相遇时，毫无疑问这是一个在幻觉里展开的故事，可是当年轻一些的博尔赫斯听到年老的博尔赫斯说话时，感到是自己在录音带上放出的那种声音。多么奇妙的录音带，录音带的现实性使幻觉变得真实可信，使时间的距离变得合理。在他的另一个故事《永生》里，一个人存活了很多个世纪，可是当这个长生不死的人在沙漠里历经艰辛时，博尔赫斯这样写：“我一连好几天没有找到水，毒辣的太阳、干渴和对干渴的恐惧使日子长得难以忍受。”在这个充满神秘的故事里，博尔赫斯仍然告诉了我们什么是恐惧，或者说什么才是恐惧的现实。

这就是博尔赫斯的现实。尽管他的故事是那样的神秘和充满了幻觉，时间被无限地拉长了，现实又总是转瞬即逝，然而当他笔下的人物表达感受和发出判断时，立刻让我们有了切肤般的现实感。就像他告诉我们，在“干渴”的后面还有更可怕的“对干渴的恐惧”那样，博尔赫斯洞察现实的能力超凡脱俗，他外表温和的思维里隐藏着尖锐，只要进入一个事物，并且深入进去，对博尔赫斯来说已经足够了。

这正是博尔赫斯叙述中最为坚实的部分，也是一切优秀作品得以存在的支点，无论这些作品是写实的，还是荒诞的或者是神秘的。

然而，迷宫似的叙述使博尔赫斯拥有了另外的形象，他自己认为：“我知道我文学产品中最不易朽的是叙述。”事实上，他如烟般飘起的叙述却是用明晰、质朴和直率的方式完成的，于是最为变幻莫测的叙述恰恰是用最为简洁的方式创造的。因此，美国作家约翰•厄普代克这样认为：博尔赫斯的叙述“回答了当代小说的一种深刻需要——对技巧的事实加以承认的需要”。

与其他作家不同，博尔赫斯通过叙述让读者远离了他的现实，而不是接近。他似乎真的认为自己创造了叙述的迷宫，认为他的读者找不到出口，同时又不知道身在何处。他在《秘密奇迹》的最后这样写道：“行刑队用四倍的子弹，将他打倒。”

这是一个奇妙的句子，博尔赫斯告诉了我们“四倍的子弹”，却不说这四倍的基数是多少。类似的叙述充满了他的故事，博尔赫斯似乎在暗示我们，他写到过的现实比任何一个作家都要多。他写了四倍的现实，可他又极其聪明地将这四倍的基数秘而不宣。在这不可知里，他似乎希望我们认为他的现实是无法计算的，认为他的现实不仅内部极其丰富，而且疆域无限辽阔。

他曾经写到过有个王子一心想娶一个世界之外的女子为妻，于是巫师“借助魔法和想象，用栎树花和金雀花，还有合欢叶子创造了这个女人”。博尔赫斯是否也想使自己成为文学之外的作家？

契诃夫的等待

安·巴·契诃夫在20世纪初创作了剧本《三姐妹》，奥尔加、玛莎和伊林娜。她们的父亲是一位死去的将军，她们哥哥的理想是成为一名大学教授，她们活着，没有理想，只有梦想，那就是去莫斯科。莫斯科是她们童年美好时光的证词，也是她们成年以后唯一的向往。她们日复一日、年复一年地等待着，岁月流逝，她们依然坐在各自的椅子里，莫斯科依然存在于向往之中，而“去”的行为则始终作为一个象征，被奥尔加、玛莎和伊林娜不断透支着。

这个故事开始于一座远离莫斯科的省城，也在那里结束。这似乎是一切以等待为主题的故事的命运，周而复始，叙述所渴望到达的目标，最终却落在了开始处。

半个世纪以后，萨缪尔·贝克特写下了《等待戈多》，爱斯特拉冈和弗拉季米尔，这两个流浪汉进行着重复的等待，等待那个永远不会来到的名叫戈多的人。最后，剧本的结尾还原了它的开始。

这是两个风格相去甚远的剧作，它们风格之间的距离与所处的两个时代一样遥远，或者说它们首先是代表了两个不同的时代，其次才代表了两个不同的作家。又是半个世纪以后，林兆华的戏剧工作室将《三姐妹》和《等待戈多》变成了《三姐妹·等待戈多》，于是另一个时代介入了进去。

有趣的是，这三个时代在时间距离上有着平衡后的和谐，这似乎是命运的有意选择，果真如此的话，这高高在上的命运似乎还有着审美的嗜好。促使林兆华将这样两个戏剧合二为一的原因其实十分简单，用他自己的话说，就是“等待”。“因为‘等待’，俄罗斯的‘三姐妹’与巴黎的‘流浪汉’在此刻的北京相遇。”

可以这么说，正是契诃夫与贝克特的某些神合之处，让林兆华抓到了把柄，使他相信了他们自己的话：“一部戏剧应该是舞台艺术家以极致的风格去冲刺的结果。”这段既像宣言又像广告一样的句子，其实只是为了获取合法化的自我辩护。什么是极致的风格？1901年的《三姐妹》和1951年的《等待戈多》可能是极致的风格，而在1998年，契诃夫和贝克特已经无须以此为生了。或者说，极致的风格只能借用时代的目光才能看到，在历史眼中，契诃夫和贝克特的叛逆显得微不足道，重要的是他们展示了情感的延续和思想的发展。林兆华的《三姐妹·等待戈多》在今天可能是极致的风格，当然也只能在今天。事实上，真正的意义只存在于舞台之上，台下的辩护或者溢美之词无法烘云托月。

将契诃夫忧郁的优美与贝克特悲哀的粗俗安置在同一个舞台和同一个时间里，令人惊讶，又使人欣喜。林兆华模糊了两个剧本连接时的台词，同时仍然突出了它们各自的语言风格。舞台首先围起了一摊水，然后让水围起了没有墙壁的房屋，上面是夜空般宁静的玻璃，背景时而响起没有歌词的歌唱。三姐妹被水围困着，她们的等待从一开始就被强化成不可实现的纯粹的等待。而爱斯特拉冈和弗拉季米尔只有被驱赶到前台时才得以保留自己的身份，后退意味着衰老五十年，意味着身份的改变，成为中校和男爵。这两个人在时间的长河里游手好闲，一会儿去和玛莎和伊林娜谈情说爱，一会儿又跑回来等待戈多。

这时候更能体会契诃夫散文般的优美和贝克特诗化的粗俗，舞台的风格犹如秀才遇到了兵，古怪的统一因为风格的对抗产生了和谐。贝克特的台词生机勃勃，充满了北京街头的气息，契诃夫的台词更像是从记忆深处发出，遥远得像是命运在朗诵。

林兆华希望观众能够聆听，“听听大师的声音”，他认为这样就足够了。聆听的结果使我们发现在外表反差的后面，更多的是一致。似乎舞台上正在进行着一场同性的婚姻，结合的理由不是相异，而是相同。

《三姐妹》似乎是契诃夫内心深处的叙述，如同那部超凡脱俗的《草原》，沉着冷静，优美动人，而不是《一个官员的死》这类聪明之作。契诃夫的等待犹如不断延伸的道路，可是它的方向并不是远方，而是越来越深的内心。奥尔加在等待中慢慢老起来；伊林娜的等待使自己失去了现实对她的爱——男爵，这位单相思的典范最终死于决斗；玛莎是三姐妹中唯一的已婚者，她似乎证实了这样的话：有婚姻就有外遇。玛莎突然爱上了中校，而中校只是她们向往中的莫斯科的一个阴影，被错误地投射到这座沉闷的省城，阳光移动以后，中校就被扔到了别处。

跟随将军父亲来到这座城市的三姐妹和她们的哥哥安德烈，在父亲死后就失去了自己的命运，他们的命运与其掌握者——父亲，一起长眠于这座城市之中。

安德烈说："因为我们的父亲，我和姐妹们才学会了法语、德语和英语，伊林娜还学会了意大利语。可是学这些真是不值得啊！"

玛莎认为："在这城市里会三国文字真是无用的奢侈品。甚至连奢侈品都说不上，而是像第六根手指头，是无用的附属品。"

安德烈不是"第六根手指"，他娶了一位不懂得美的女子为妻，当他的妻子与地方自治会主席波波夫私通后，他的默许使他成了地方自治会的委员，安德烈成功地将自己的内心与自己的现实分离开来。这样一来，契诃夫就顺理成章地将这个悲剧人物转化成喜剧的角色。

奥尔加、玛莎和伊林娜，她们似乎是契诃夫的恋人，或者说是契诃夫“向往中的莫斯科”。像其他的男人希望自己的恋人洁身自好一样，契诃夫内心深处的某些涌动的理想，创造了三姐妹的命运。他维护了她们的自尊，同时也维护了她们的奢侈和无用，最后使她们成了“第六根手指”。

于是，命中注定了她们在等待中不会改变自我，等待向前延伸着，她们的生活却是在后退，除了那些桦树依然美好，一切都在变得今不如昔。这城市里的文化阶层是一支军队，只有军人可以和她们说一些能够领会的话，现在军队也要走了。

伊林娜站在舞台上，她烦躁不安，因为她突然忘记了意大利语里“窗户”的单词。

安·巴·契诃夫的天才需要仔细品味。岁月流逝，青春消退，当等待变得无边无际之后，三姐妹也在忍受着不断扩大的寂寞、悲哀和消沉。这时候契诃夫的叙述极其轻巧，让伊林娜不为自己的命运悲哀，只让她为忘记了“窗户”的意大利语单词而伤感。如同他的同胞柴可夫斯基的《悲怆》，一段抒情小调的出现，是为了结束巨大的和绝望的管弦乐。契诃夫不需要绝望的前奏，因为三姐妹已经习惯了自己的悲哀，习惯了的悲哀比刚刚承受到的更加沉重和深远，如同挡住航道的冰山，它们不会融化，只是在有时候出现裂缝。当裂缝出现时，伊林娜就会记不起意大利语的“窗户”。

萨缪尔·贝克特似乎更愿意发出一个时代的声音，当永远不会来到的戈多总是不来时，爱斯特拉冈说：“我都呼吸得腻烦啦！”

弗拉季米尔为了身体的健康，同时也是为了消磨时间，提议做一些深呼吸，而结果却是对呼吸的腻烦。让爱斯特拉冈讨厌自己的呼吸，还有什么会比讨厌这东西更要命了？贝克特让诅咒变成了隐喻，他让那个他所不喜欢的时代自己咒骂自己，用的是最恶毒的方式，然而又没有说粗话。

与契诃夫一样，贝克特的等待也从一开始就画地为牢，或者说他的等待更为空洞，于是也就更为纯粹。

三姐妹的莫斯科是真实存在的，虽然在契诃夫的叙述里，莫斯科始终存在于奥尔加、玛莎和伊林娜的等待之中，也就是说存在于契诃夫的隐喻里，然而莫斯科自身具有的现实性，使三姐妹的台词始终拥有了切实可信的方向。

爱斯特拉冈和弗拉季米尔的戈多则十分可疑，在高度诗化之后变得抽象的叙述里，戈多这个人物就是作为象征都有点靠不住。可以这么说，戈多似乎是贝克特的某一个秘而不宣的借口；或者，贝克特自己对戈多也是一无所知。因此爱斯特拉冈和弗拉季米尔的等待也就变得随心所欲和可有可无，他们的台词犹如一盘散沙，就像他们拼凑起来的生活，没有目标，也没有意义，他们仅仅是为了想说话才站在那里滔滔不绝，就像田野里耸立的两支烟囱要冒烟一样，可是他们生机勃勃。

贝克特的有趣之处在于：如果将爱斯特拉冈和弗拉季米尔的任何一句台词抽离出来，我们会感到贝克特给了我们活生生的现实，可是将它们放回到原有的叙述之中，我们发现贝克特其实给了我们一盘超现实的杂烩。

大约十年前，我读到过一位女士的话。在这段话之前，我觉得有必要提醒一下，这位女士一生只挚爱一位男子，也就是她的丈夫。现在，我们可以来听听她是怎么说的。她说："当我完全彻底地拥有一位男人时，我才能感到自己拥有了所有的男人。"

这就是她的爱情，明智的、洞察秋毫的和丰富宽广的爱情。当她完全彻底地拥有了一位男人，又无微不至地品味后，她就有理由相信普天之下的男人其实只有一个。

同样的想法也在一些作家那里出现。博尔赫斯说："许多年间，我一直认为几近无限的文学集中在一个人身上。"接下去他这样举例："这个人曾经是卡莱尔、约翰尼斯·贝希尔、拉法埃尔·坎西诺斯－阿森斯和狄更斯。"

虽然博尔赫斯缺乏那位女士忠贞不渝的品质，他在变换文学恋人时显得毫无顾虑，然而他们一样精通此道。对他们来说，文学的数量和生活的质量可能是徒劳无益的，真正有趣的是方式，欣赏文学和品尝生活的方式。马塞尔·普鲁斯特可能是他们一致欣赏的人，这位与哮喘为伴的作家有一次下榻在旅途的客栈里，他躺在床上，看着涂成海洋颜色的墙壁，然后他感到空气里带有盐味。普鲁斯特在远离海洋的时候，依然真实地感受着海洋的气息，欣赏它和享受它。这确实是生活的乐趣，同时也是文学的乐趣。

在《卡夫卡及其先驱者》一文里，博学多才的博尔赫斯为卡夫卡找到了几位先驱者，“我觉得在不同国家、不同时代的文学作品中辨出了他的声音，或者说，他的习惯”。精明的博尔赫斯这样做并不是打算刁难卡夫卡，他其实想揭示出存在于漫长文学之中的“继续”的特性，在鲜明的举例和合理的逻辑之后，博尔赫斯告诉我们：“事实是每一位作家创造了他自己的先驱者。”

在这个结论的后面，我们发现一些来自文学或者艺术的原始的特性，某些古老的品质，被以现代艺术的方式保存了下来，从而使艺术中“继续”的特性得以不断实现，比如说“等待”。

马塞尔·普鲁斯特在其绵延不绝的《追忆逝水年华》里，让等待变成了品味自己生命时的自我诉说，我们经常可以读到他在床上醒来时某些甜蜜的无所事事，“醒来时他本能地从中寻问，须臾间便能得知他在地球上占据了什么地点，醒来前流逝了多长时间”。或者他注视着窗户，阳光从百叶窗里照射进来，使他感到百叶窗上插满了羽毛。

只有在没有目标的时候，又在等待自己的某个决定来到时，才会有这样的心情和眼睛。等待的过程总是有些无所事事，这恰恰是体会生命存在的美好时光。而普鲁斯特与众不同的是，他在入睡前就已经开始了——“我情意绵绵地把腮帮贴在枕头的鼓溜溜的面颊上，它像我们童年的脸庞，那么饱满、娇嫩、清新。”

等待的主题也在但丁的漫长的诗句里反复吟唱。《神曲·炼狱篇》第四唱中，但丁看到他的朋友，佛罗伦萨的乐器商贝拉加在走上救恩之路前犹豫不决，问他你为什么坐在这里？你在等待什么？随后，但丁试图结束他的等待，“现在你赶快往前行吧……”

> 你看太阳已经碰到了子午线，
> 黑夜已从恒河边跨到了摩洛哥。

普鲁斯特的等待和但丁的等待是叙述里流动的时间，如同河水抚摸岸边的某一块石头一样，普鲁斯特和但丁让自己的叙述之水抚摸了岸边所有等待的石头，他们的等待就这样不断消失和不断来到。因此，《神曲》和《追忆逝水年华》里的等待总是短暂的，然而它们却是饱满的，就像“蝴蝶虽小，同样也把一生经历”。

与《三姐妹》和《等待戈多》更为接近的等待，是巴西作家若昂·吉马朗埃斯·罗萨的《河的第三条岸》，这部只有六千字的短篇小说，印证了契诃夫的话，契诃夫说：“我能把一个长长的主题简短地表达出来。”

“父亲是一个尽职、本分、坦白的人。”故事的叙述就是这样朴素地开始，并且以同样的朴素结束。这个“并不比谁更愉快或更烦恼”的人，有一天订购了一条小船，从此开始了他在河上漂浮的岁月，而且永不上岸。他的行为给他的家人带去了耻辱，只有叙述者，也就是他的儿子出于某些难以言传的本能，开始了在岸边漫长的等待。后来叙述者的母亲、哥哥和姐姐都离开了，搬到了城里去居住，只有叙述者依然等待着父亲，他从一个孩子开始等待，一直到白发苍苍。

“终于，他在远处出现了，那儿，就在那儿，一个模糊的身影坐在船的后部。我朝他喊了好几次。我庄重地指天发誓，尽可能大声喊出我急切想说的话。

“‘爸爸，你在河上浮游得太久了，你老了……回来吧，我会代替你。就在现在，如果你愿意的话。无论何时，我会踏上你的船，顶上你的位置。’

“……

“他听见了，站了起来，挥动船桨向我划过来……我突然浑身战栗起来。因为他举起他的手臂向我挥舞——这么多年来这是第一次。我不能……我害怕极了，毛发直竖，发疯地跑开了，逃掉了……从此以后，没有人再看见过他，听说过他……”

罗萨的才华使他的故事超越了现实，就像他的标题所暗示的那样，河的第三条岸其实是存在的，就像莫斯科存在于三姐妹的向往中，戈多存在于弗拉季米尔和爱斯特拉冈的无聊里。这个故事和契诃夫、贝克特剧作的共同之处在于：等待的全部意义就是等待的失败，无论它的代价是失去某些短暂的时刻，还是耗去毕生的幸福。

我们可以在几乎所有的文学作品中辨认出等待的模样，虽然它不时地改变自己的形象，有时它是某个激动人心的主题，另外的时候它又是一段叙述、一个动作或者一个心理的过程，也可以是一个细节和一行诗句，它在我们的文学里生生不息，无处不在。所以，契诃夫的等待并不是等待的开始，林兆华的等待也不会因此结束。

基于这样的理由，我们可以相信博尔赫斯的话，“几近无限的文学有时候会集中在一个人身上”，同时也可以相信那位女士的话，“所有的男人其实只有一个”。事实上，博尔赫斯或者那位女士在表达自己精通了某个过程的时候，也在表达各自的野心，骨子里他们是想拥有无限扩大的权力。在这一点上，艺术家或者女人的爱，其实与暴君是一路货色。

三岛由纪夫的写作与生活

三岛由纪夫自杀之后，他的母亲倭文重说：“我儿做步人后尘的事，这是头一回。”作为母亲说这样的话，显然隐含了一种骄傲，这种骄傲是双重的，首先是对儿子一生的肯定，她的儿子只是在选择如何死去时，才第一次步人后尘；其次是对儿子自杀本身的肯定，在这句貌似遗憾，实质上仍然是赞扬的话里，这位母亲暗示了三岛由纪夫的自杀是与众不同的。

因为在三岛由纪夫这里，自杀不再是悄悄的、独自的行为，他将传统意义上属于隐秘的行为公开化了。新闻媒体的介入，使他的自杀不再是个人行为，而成了社会行为。三岛由纪夫之死，可以说是触目惊心，就像是一部杰出作品的高潮部分。在这部最后的作品中，三岛由纪夫混淆了写作与生活，于是他死在了自己的笔下。

写作与生活，对于一位作家来说，应该是双重的。生活是规范的，是受到限制的；而写作则是随心所欲，是没有任何限制的。任何一个人都无法将他的全部欲望在现实中表达出来，法律和生活的常识不允许这样，因此人的无数欲望都像流星划过夜空一样，在内心里转瞬即逝。然而写作伸张了人的欲望，在现实中无法表达的欲望可以在作品中得到实现，当三岛由纪夫“我想杀人，想得发疯，想看到鲜血”时，他的作品中就充满了死亡和鲜血。

从这一点来说，三岛由纪夫的写作有助于他作为一个人的完善，使个人的双重性得到了互相补充，就像他自己所说的“既当死刑囚，又当刽子手”。另一方面，写作使他的个人欲望无限扩张，他的现实生活却是越来越狭窄。对于其他作家来说，写作仅仅只是写作，仅仅只是表达隐秘的想法和欲望，他们的欲望永远停留在内心里面，不会侵入生活之中，在生活中他们始终是理性的和体面的。可是三岛由纪夫不是这样，他过于放纵自己的写作，让自己的欲望勇往直前，到头来他的写作覆盖了他的生活。

就像他作品中美和恶的奇妙结合一样，这种天衣无缝的结合让人们无法区分开来。他说：“如果世上的人是通过生活与行动来体味恶的话，我则尽可能深深地潜沉在精神界的恶里。”这句话其实是对恶的取消，人们通常只是以生活和行动的准则来判断什么是恶，什么是善。当恶一旦成为精神里的一部分，往往就不知所云了。

三岛由纪夫一再声称他对死、对恶、对鲜血淋淋的迷恋，在他的作品中，人们也经常读到这些，谁都知道这是事实。然而，三岛由纪夫与人们的分歧是如何对待这些，也就是站在什么样的立场上，通过什么样的角度来对待死亡、对待恶、对待鲜血。对于三岛由纪夫来说，这一切都是极为美好的，他的叙述其实就是他的颂歌，他歌颂死亡，歌颂丑恶，歌颂鲜血。这就是为什么他的叙述是如此美丽，同时他的美又使人战栗。

所以说，三岛由纪夫混淆了全部的价值体系，他混淆了美与丑，混淆了善与恶，混淆了生与死，最后他混淆了写作与生活的界线，他将写作与生活重叠到了一起，连自己都无法分清。

在三岛由纪夫作品中，《忧国》这部短篇的重要性，一定程度上来自他后来自杀所产生的影响力，作品里武山中尉自杀的动机和自杀时的壮烈，与六年后三岛由纪夫在市谷自卫队总监室切腹自戕时几乎一致。他驱车前往自卫队时这样说："六年前我写了《忧国》，现在又写了《丰饶之海》，没想到今天自己要实际表演了。真想象不出再过三小时我们就要死的样子是怎么样的。"

他说这番话时的轻松令人吃惊，他对待自己的死与对待作品中虚构人物的死没有什么两样，他既置身其间，又像局外人似的欣赏自己的自戕。他在自杀前所做的全部准备，就像是在构思一部新作一样，情节如何发展，细节和对话如何进行，他都成竹在胸。他开车赴死之时，车子还经过他长女纪子的学校门前，他开玩笑地说："在这种时候，如果是电影，就会配上一段感伤的音乐了。"

他自杀的过程，由于《忧国》这部作品的对照，就成了另一部作品。在《忧国》中，三岛由纪夫给了武山中尉充分的时间，他的叙述从容不迫，在武山和新婚之妻丽子经过肉体的狂欢以后，三岛由纪夫才让他盘腿坐下，解开军服，露出胸脯和腹部后，还让他用左手不停地搓揉着小腹，让他将刀刃从腿上轻轻划过，来试探军刀是否锋利……然而后来的现实，却没有给予三岛由纪夫足够的时间，他对自卫队队员的煽动失败后，他理想重振军国主义的《檄文》遭到嘲笑后，他嘟囔着"他们好像没怎么听我讲话"，马上解开了衣扣……与武山中尉相比，三岛由纪夫的切腹自戕就显得匆忙和局促了。

这里面存在着这样一个问题，武山中尉的切腹自戕是来自三岛由纪夫的叙述，而三岛由纪夫的自戕只能依靠别人的叙述了。在《忧国》里，三岛由纪夫对武山自戕的描叙充满了热情和欢乐，在这狂欢似的描叙里，三岛由纪夫迷失了自己，到最后已经不再是三岛由纪夫在叙述《忧国》，而是《忧国》在叙述三岛由纪夫了。因此，六年以后当他身体力行时，来自别人的叙述是不可靠的，这种新闻式的记叙掩盖了三岛由纪夫自杀时的真正感受。好在六年前，三岛由纪夫在《忧国》里已经对自己的切腹自戕做出了全面的预告。事实上，三岛由纪夫自杀时唯一可靠的叙述就是"关孙六"，这把 17 世纪精美的短刀。当他用"关孙六"切开腹部时，随着鲜血的喷涌，他的叙述也就开始了。这时候，三岛由纪夫与他六年前虚构的武山中尉合二为一，于是人们也应该明白《忧国》中的武山中尉究竟是谁了。

三岛由纪夫在自杀前，有两件事不能完全放心，一件是《丰饶之海》英译本在美国出版的事宜，另一件就是担心自己的死会被掩盖起来。他对自杀所引起社会反应的关心，与关心一部作品问世后的反应是一样的，或者说他对后者显得更为忧心忡忡，因为他最后的作品并不是《丰饶之海》，而是切腹自戕。在生命的最后时刻，三岛由纪夫作品中所迷恋的死亡和鲜血，终于站了出来，死亡和鲜血叙述了三岛由纪夫。

我的书游荡世界的经历

为了这个题目，我统计了我的作品迄今为止在中国和中文以外的出版情况（不包括中国的七种少数民族语言和盲文），有三十五种语言，覆盖三十八个国家。国家比语种多的原因主要是英语版，北美（美国和加拿大）、英国、澳大利亚和新西兰都包括在内，葡萄牙语版有巴西和葡萄牙，阿拉伯语版分别在埃及和科威特出版。也有相反的情况，西班牙出版了两种语言，西班牙语版和加泰罗尼亚语版；印度出版了两种地方语，马拉雅拉姆语版和泰米尔语版。

回顾自己的书游荡世界的经历，就是翻译—出版—读者的经历。我注意到国内讨论中国文学在世界上的境遇时经常只是强调翻译的重要性，翻译当然重要，可是出版社不出版，再好的译文也只能锁在抽屉里，这是过去，现在是存在硬盘里；然后就是读者了，出版后读者不理睬，出版社就赔钱了，就不愿意继续出版中国的文学作品。所以翻译—出版—读者是三位一体，缺一不可。

1994 年，法国的两家出版社出版了《活着》和中篇小说集《世事如烟》，出版《活着》的是法国最大的出版社，出版《世事如烟》的很小，差不多是家庭出版社。1995 年我去法国参加圣马洛国际文学节时，顺便在巴黎访问了那家最大的出版社，见到了那位编辑。当时我正在写《许三观卖血记》，问他是否愿意出版我的下一部小说，这位编辑用奇怪的表情问我："你的下部小说会改编成电影吗？"我知道自己（的作品）在这家出版社完蛋了。我又去问那个家庭出版社是否愿意出版我的下一部小说，他们的回答很谦虚，说他们是很小的出版社，还要出版其他作家的书，不能这么照顾我。当时我觉得自己（的作品）在法国完蛋了。这时候运气来了，法国声望很高的出版社 Actes Sud 设立了中国文学丛书，邀请巴黎东方语言学院的汉学教授何碧玉（Isabelle Rabut）担任主编，她熟悉我的作品，《许三观卖血记》在中国的《收获》杂志刚发表，她立刻让 Actes Sud 买下版权，一年多后就出版了。此后 Actes Sud 一本接着一本出版我的书，我在法国终于找到了自己的出版社。

荷兰 De Geus 出版社在 1994 年出版了《活着》之后，又出版了《许三观卖血记》《兄弟》和《第七天》。有趣的是，二十三年来我和 De Geus 没有任何联系，我不知道编辑是谁，也不知道译者是谁，可能是中间隔着经纪公司的缘故。我认真想了一下，我认识并且熟悉的荷兰汉学家只有林恪（Mark Leenhouts），可是这家伙不翻译我的书。去年七月我在中国的长春见到林恪时，他希望我下次去欧洲时顺道访问荷兰，我们约定了今年九月的这个行程。我向林恪打听我的荷兰语译者，他微笑地说出了一个名字——麦约翰（Jan De Meyer）。林恪告诉我，麦约翰是比利时人，说荷兰语，住在法国。我觉得这个人太有意思了。今年四月，De Geus 出版社请麦约翰编辑我的一部短篇小说集，我收到了麦约翰的第一封邮件，他对我说的第一句话是："您不认识我。把您的《兄弟》和《第七天》翻译成荷兰语的就是我。"这就是他全部的自我介绍。

希腊的出版故事也许更有趣，大约十多年前，希腊的 Hestia 出版社决定出版《活着》，他们与我签了合同，找好了译者，这时候 Hestia 突然发现，另一家出版社 Livani 在 1994 年就出版了《活着》的希腊文。我不知道这个情况，甚至不知道是谁把版权卖给了 Livani。Hestia 退出了，Livani 给我寄来了几本样书，此后这两家出版社忘记了我，我也忘记了他们。为了写这篇文章，我查了资料才想起这两家出版社。

遇到好的译者很重要，意大利的米塔（M.R.Masci）和裴尼柯（N.Pesaro），德国的高立希（Ulrich Kautz），美国的安道（Andrew Jones）和白睿文（Michael Berry），丹麦的魏安娜（Anne Wedell-Wedellsborg），塞尔维亚的佐兰（Zoran Skrobanovic），捷克的红佩佳（Petra Martincová），巴

西的修安琪（Marcia Schmaltz），葡萄牙的迪亚哥（Tiago Nabais），日本的饭塚容，韩国的白元淡，埃及的阿齐兹（Abdalaziz Hamdy）和哈赛宁（Hasanin Fahmy），越南的武公欢，印尼的翁鸿鸣等，都是先把我的书译完了再去寻找出版社，我现在的英文译者白亚仁（Allan Barr）当年就是通过安道的介绍给我写信，翻译了我的一个短篇小说集，结果十年后才出版。像白亚仁这样热衷翻译又不在意何时才能出版的译者并不多，因为好的译者已经是或者很快就是著名翻译家了，他们有的会翻译很多作家的书，这些著名翻译家通常是不见兔子不撒鹰，拿到出版社的合同后才会去翻译，所以找到适合自己的出版社更加重要。我在法国前后有过四位译者，1997年以后出版社一直是Actes Sud；在美国也有过四位译者，除了第一本书在夏威夷大学出版社，后面的八本书都是企鹅兰登书屋旗下的Pantheon Books（精装）和Anchor Books（平装）出版，固定的出版社可以让作家的书持续出版。

《活着》（译者白睿文）和《许三观卖血记》（译者安道）90年代就被翻译成了英语，可是在美国的出版社那里不断碰壁，有一位编辑还给我写了信，他问我："为什么你小说中的人物只承担家庭的责任，而不去承担社会的责任？"我意识到这是历史和文化的差异，给他写了回信，告诉他中国拥有三千年的国家历史，漫长的封建制抹杀了社会中的个人性，个人在社会生活中没有发言权，只有在家庭生活里才有发言权。我告诉他这两本书在时间上只是写到70年代末，90年代以后这一切都变了，我试图说服他，没有成功。此后我的作品继续在美国的出版社碰壁，直到2002年遇到我现在的编辑芦安·瓦尔特（LuAnn Walther），她帮助我在企鹅兰登书屋站稳了脚跟。

找到适合自己的出版社的根本原因是找到一位欣赏自己作品的编辑，德国最初出版我的书的是Klett-Cotta，但90年代末他们出版了《活着》和《许三观卖血记》之后就不再出版我的书了，几年后我才知道原因，我的编辑托马斯·威克（Thomas Weck）去世了。我后来的书都去了S.Fischer，因为那里有一位叫伊莎贝尔·库布斯基（Isabel Kupski）的好编辑，每次我到德国，无论多远，她都会坐上火车来看望我，经常是傍晚到达，第二天凌晨天没亮又坐上火车返回法兰克福。

2010年我去西班牙宣传自己的新书，在巴塞罗那见到出版我的书的编辑主任埃莲娜·拉米雷斯（Elena Ramirez），晚饭时我把1995年与法国那家最大出版社编辑的对话当成笑话告诉她，结果她捂住嘴瞪圆了眼睛，她的眼神里似乎有一丝惊恐，她难以相信世界上还有这样的编辑。那一刻我确定了Saix Barral是我作品西班牙语版的出版社，虽然当时他们只出版了我两本书。

下面我要说说和读者的交流了，我经常遇到这样的问题：中国读者和外国读者的提问有什么区别？这个问题在外国会遇到，在中国也会遇到。然后一个误解产生了，认为我在国外经常会遇到社会和政治方面的提问，而在国内不会遇到。其实国内读者提问时关于社会和政治的问题不比国外读者少。文学是包罗万象的，当我们在文学作品里读到有三个人正在走过来，有一个人正在走过去时已经涉及了数学，三加一等于四；当我们读到糖在热水里溶化时已经涉及了化学；当我们读到树叶掉落下来时已经涉及了物理。文学连数理化都不能回避，又怎能去回避社会和政治。但是文学归根结底还是文学，无论是在中国还是在外国，读者最为关心的仍然是人物、命运、故事等这些属于文学的因素。只要是谈论小说本身，我觉得国外读者和国内读者的提问没有什么区别，存在的区别也只是这个读者和那个读者的区别。当我们中国读者阅读外国文学作品时，吸引我们的是什么？很简单，就是文学。我曾经说过，假如文学里真的存在神秘的力量，那就是让读者在不同时代、不同民族、不同文化、不同历史的作家的作品中读到属于自己的感受。

在和国外读者交流时常常会出现轻松的话题，比如会问在中国举办这样的活动和在国外举办有什么不同？我告诉他们，中国人口众多，中途退场的人也比国外来的全部的人要多。还有一个问题我会经常遇到：与读者见面印象最深的是哪次？我说是 1995 年第一次出国去法国，在圣马洛国际文学节的一个临时搭起的大帐篷里签名售书，坐在一堆自己的法文版书后面，看着法国读者走过去走过来，其中有人拿起我的书看看放下走了。左等右等终于来了两个法国小男孩，他们手里拿着一张白纸，通过翻译告诉我，他们没有见过中国字，问我是不是可以给他们写两个中国字。这是我第一次在国外签名，当然，我没有写自己的名字，我写下了“中国”。

音乐的叙述

这是罗斯特罗波维奇的大提琴和塞尔金的钢琴。旋律里流淌着夕阳的光芒，不是炽热，而是温暖。在叙述的明暗之间，作者的思考正在细水长流，悠远和沉重。即便是变奏也显得小心翼翼，犹如一个不敢走远的孩子，时刻回首眺望着自己的屋门。音乐呈现了难以言传的安详，与作者的其他室内乐作品一样，内省的精神在抒情里时隐时现，仿佛是流动之水的跳跃，沉而不亮。在这里，作者是那样的严肃、一丝不苟，他似乎正在指责自己，他在挥之不去的遗憾、内疚和感伤里，让思想独自前行，苦行僧般地行走在荒漠之中，或者伫立在一片无边无际的水之间，自嘲地凝视着自己的倒影。重要的是，无论是指责还是自嘲，作者都表达了对自己深深的爱意。这不是自暴自弃的作品，而是一个无限热爱自己的人，对自己不满和失望之后所发出的叹息。这样的叹息似乎比欣赏和赞美更加充满了爱的声音，低沉有力，缓慢地构成了他作品里最动人的品质。

1862年，勃拉姆斯开始为大提琴和钢琴写作第一首奏鸣曲，1865年完成了这首E小调的杰作；二十一年以后，1886年，他写下了F大调的第二首大提琴和钢琴奏鸣曲。这一年，李斯特去世了，而瓦格纳去世已近三年。岁月缩短了，勃拉姆斯步入了五十三岁，剩下的光阴屈指可数。当音乐上的两位宿敌李斯特和瓦格纳相继离世之后，勃拉姆斯终于摆脱了别人为他们制造出来的纷争，他获得了愉快的生活，同时也获得了孤独的荣誉。他成为人人尊敬的大师，一个又一个的勃拉姆斯音乐节在欧洲的城市里开幕，在那些金碧辉煌的音乐大厦里，他的画像和莫扎特、贝多芬、舒伯特的画像挂在了一起。虽然瓦格纳的信徒们立刻推举出了新的领袖布鲁克纳，虽然新德国乐派已经孕育出了理查·施特劳斯和古斯塔夫·马勒，可是对勃拉姆斯来说，布鲁克纳不过是一个“拘谨的教士”，他的庞大的交响曲不过是“蟒蛇一条”，而施特劳斯和马勒仅仅是年轻有为刚刚出道而已，新德国乐派已经无法对他构成真正的威胁。这期间他经常旅行，出席自己作品的音乐会和访问朋友，这位老单身汉喜欢将糖果塞满自己的口袋，所以他每到一处都会有一群孩子追逐着他。他几次南下来到意大利，当火车经过罗西尼的故乡时，他站起来在火车上高声唱起《塞尔维亚理发师》中的咏叹调，以示对罗西尼的尊敬。他和朋友们一路来到了那不勒斯近旁的美丽小城苏莲托，坐在他毕生的支持者汉斯立克的橘子园里，喝着香槟酒，看着海豚在悬崖下的那不勒斯湾中嬉水。这期间他很可能回忆起了年轻的时光和克拉拉的美丽，回忆起马克森的教诲和舒曼的热情，回忆起和约阿希姆到处游荡的演奏生涯，回忆起巴洛克时期的巴赫和亨德尔，回忆起贝多芬的浪漫之旅，回忆起父母生前的关怀，回忆起一生都在头疼的姐姐和倒霉的弟弟。他的弟弟和他同时学习音乐，也和他一样都是一生从事音乐，可是他平庸的弟弟只能在他辉煌的阴影里黯然失色，所有的人都称他弟弟为“错误的勃拉姆斯”。他的回忆绵延不绝，就像是盘旋在他头顶的鹰一样，向他张开着有力的爪子，让他在剩下的岁月里，学会如何铭记自己的一生。

应该说，是约阿希姆最早发现了他音乐中“梦想不到的原创性和力量”，于是这位伟大的小提琴家就将勃拉姆斯推到了李斯特的身边。当时的李斯特四十一岁，已经从他充满传奇色彩的钢琴演奏会舞台退休，他住在魏玛的艺术别墅里领导着一支前卫的德国音乐流派，与门德尔松的信徒们所遵循的古典理想决然不同，李斯特以及后来的瓦格纳，正在以松散的结构形式表达内心的情感。同时李斯特为所有认同他理想的音乐家敞开大门，阿尔腾堡别墅差不多聚集了当时欧洲最优秀的年轻人。勃拉姆斯怀着胆怯之心也来到这里，因为有约阿希姆的美言，李斯特为之着迷，请这位年轻的作曲家坐到琴前，当着济济一堂的才子佳人，演奏他自己的作品，可是过于紧张的勃拉姆斯一个音符也弹不出来，李斯特不动声色地从他手中抽走手稿，精确和沉稳地演奏了他的作品。

在阿尔腾堡别墅的日子，勃拉姆斯并不愉快，这位来自汉堡贫民窟的孩子显然不能习惯那里狂欢辩论的生活，而且所有的对话都用法语进行，这是当时欧洲宫廷的用语。虽然勃拉姆斯并不知道自己音乐的风格是什么，但是他已经意识到在这个集团里很难找到共鸣。虽然他喜欢李斯特这个人，并且仰慕他的钢琴造诣，但是对他描绘情感时夸张的音乐开始感到厌倦。当李斯特有一次演奏自己作品时，勃拉姆斯坐在椅子里睡着了。

仍然是约阿希姆帮助了他，使他年方二十，走向了舒曼。当他看到舒曼和克拉拉还有他们六个孩子住在一栋朴素的房子里，没有任何其他人，没有知识分子组成的小团体等着要吓唬他时，他终于知道了自己一直在寻找的是什么。他寻找的就是像森林和河流那样自然和真诚的音乐，就是音乐中像森林和河流一样完美的逻辑和结构。同时他也知道了自己为什么会拒绝加入李斯特和瓦格纳的新德国乐派，他接近的是音乐中的古典理想，他从门德尔松、肖邦和舒曼延伸过来的道路上，看到了属于自己的道路，而他的道路又通向了贝多芬和巴赫。舒曼和克拉拉热情地款待了他，为了回报他们的诚挚之情，勃拉姆斯弹奏了自己的作品，这一次他没有丝毫的紧张之感。随后舒曼写道："他开始发掘出真正神奇的领域。"克拉拉也在日记里表白："他弹奏的音乐如此完美，好像是上帝差遣他进入那完美的世界一般。"

勃拉姆斯在舒曼这里领取了足以维持一生的自信；又在克

拉拉这里发现了长达一生的爱情，后来他将这爱情悄悄地转换成了依恋。有支取就有付出，在勃拉姆斯以后的写作里，舒曼生前和死后的目光始终贯穿其间，它通过克拉拉永不变质的理解和支持，来温和地注视着他，看着他在众多的作品里如何分配自己的天赋。

还有贝多芬和巴赫，他们也在注视着勃拉姆斯一生的创作，尤其是贝多芬。勃拉姆斯似乎是自愿地在贝多芬的阴影里出发，虽然他在《第一交响曲》里完成了自我对贝多芬的跳跃，然而贝多芬集中和凝聚起来的音乐架构仍然牢牢控制住了他，庆幸的是他没有贝多芬那种对战争和胜利的狂热，他是一个冷静和严肃的人，是一个内向的人，这样的品性使他的音乐里流淌着正常的情绪，而且时常模棱两可。与贝多芬完全不同的是，勃拉姆斯叙述的力量时常是通过他的抒情性渗透出来，这也是舒曼所喜爱的方式。

《第一交响曲》让维也纳欣喜若狂，这是勃拉姆斯最为热爱的城市。维也纳人将他的《第一交响曲》称作贝多芬的《第十交响曲》，连汉斯立克都说："没有任何其他作曲家，曾如此接近贝多芬伟大的作品。"随后不久，勃拉姆斯又写下了充满溪流、蓝天、阳光和凉爽绿荫的《第二交响曲》，维也纳再一次为他欢呼，欢呼这是一首勃拉姆斯的《田园》。维也纳人想贝多芬想疯了，于是勃拉姆斯在他们眼中就是转世的贝多芬，对他们之间的比较超越了音乐上的类比：两人都是单身汉，都身材矮小，都不修边幅，都爱喝酒，而且都以坏脾气对待围攻他们的人。这使勃拉姆斯怒气冲冲，有一次提到贝多芬时他说：“你不知道这个家伙怎么阻止了我的前进。”为此，勃拉姆斯为他的《第一交响曲》犹豫不决了整整二十年。如果说勃拉姆斯对贝多芬是爱恨交加的话，那么对待巴赫他可以说是一往情深。当时的巴赫很少为人所知，勃拉姆斯一生中的很多时间都在宣传和颂扬着他，而且随着岁月的流逝，巴赫作品中超凡脱俗的品质也出现在勃拉姆斯的作品中。

在那个时代，勃拉姆斯是一个热爱旧音乐的人，他像一个真诚的追星族那样，珍藏着莫扎特G小调交响乐、海顿作品二十号弦乐四重奏和贝多芬的《海默克拉维》等名曲的素描簿；并且为出版社编辑了第一本完整的莫扎特作品集和舒伯特的部分交响乐。他对古典主义的迷恋使他获得了无懈可击的作曲技巧，同时也使他得到了严格的自我批评的勇气。他个人的品格决定了他的音乐叙述，反过来他的音乐又影响了他的品格，两者互相搀扶着，他就让自己越走越远，几乎成为一个时代的绊脚石。

勃拉姆斯怀旧的态度和固执的性格，使他为自己描绘出了保守的形象，使他在那个时代里成为激进主义的敌人，从而将自己卷入了一场没完没了的纷争之中，无论是赞扬他的人还是攻击他的人，都指出了他的保守，不同的是赞扬者是为了维护他的保守，而攻击者是要求他激进起来。有时候，事实就是这样令人不安，同样的品质既受人热爱也被人仇恨。于是他成为德国音乐反现代派的领袖，在一些人眼中他还成了音乐末日的象征。

激进主义的李斯特和瓦格纳是那个时代的代表，他们也确实是那个时代当之无愧的代表。尤其是瓦格纳，这位半个无政府主义者和半个革命者的瓦格纳，这位集天才和疯子于一身的瓦格纳，几乎是19世纪的音乐里最富于戏剧性的人物。毫无疑问，他是一位剧场圣手，他将舞台和音乐视为口袋里的钱币，像个花花公子似的尽情挥霍，却又从不失去分寸。《尼伯龙根的指环》所改变的不仅仅是音乐戏剧的长度，同时也改变了音乐史的进程。这部掠夺了瓦格纳二十五年天赋和二十五年疯狂的四部曲巨作，将19世纪的大歌剧推上了悬崖，让所有的后来者望而生畏，谁若再向前一步，谁就将粉身碎骨。在这里，也在他另外的作品里，瓦格纳一步步发展了慑人感官的音乐语言，他对和声的使用，将使和声之父巴赫在九泉之下都会感到心惊肉跳。因此，比他年长十一岁的罗西尼只能这样告诉人们："瓦格纳有他美丽的一刻，但他大部分时间里都非常恐怖。"

李斯特没有恐怖，他的主题总是和谐的，而且是主动的和大规模的，同时又像舒曼所说的"魔鬼附在了他的身上"。应该说，他主题中部分的叙述出现在19世纪的音乐中是激进和现代的。他的大规模的组织结构直接影响了他的学生瓦格纳，给予了瓦格纳一条变本加厉的道路，怂恿他将大规模的主题概念推入了令人不安的叙述之中。而李斯特自己的音乐则是那么的和谐，犹如山坡般宽阔地起伏着，而不是山路的狭窄的起伏。他的和谐不是巴洛克似的工整，他激动之后也会近似于疯狂，可他从不像贝多芬那样放纵自己。在内心深处，他其实是一位诗人，一位行走在死亡和生命、现实和未来、失去和爱的边界的诗人，他在《前奏曲》的序言里这样写道：“我们的生活就是一连串对无知未来的序曲，第一个庄严的音符是死亡吗？每一天迷人的黎明都以爱为开端……”

在人们的传说中，李斯特几乎是有史以来最伟大的钢琴演奏家，这位匈牙利人的演奏技巧如同神话一样流传着，就像人们谈论着巴赫的管风琴演奏。录音时代的姗姗来迟，使这样的神话得到了永不会破灭的保护。而且李斯特的舞台表现几乎和他的演奏技巧一样卓越，一位英国学者曾经这样描述他的演奏：“我看到他脸上出现那种掺和着满面春风的痛苦表情，这种面容我只在一些古代大师绘制的救世主的画像中见到过。他的手在键盘上掠过时，我身下的地板像钢丝一样晃动起来，整个观众席都笼罩在声音之中。这时，艺术家的手和整个身躯垮了下来。他昏倒在替他翻谱的朋友的怀抱中，在他这一阵歇斯底里的发作中我们一直等在那里，一房间的人全都吓得凝神屏气地坐着，直到艺术家恢复了知觉，大家才透出一口气来。”

勃拉姆斯就是生活在这样的一个时代，一个差不多属于瓦格纳的时代；一个有李斯特这样的魔鬼附身者的时代；一个君主制正在衰落、共和制正在兴起的时代；一个被荷尔德林歌唱着指责的时代——“你看得见工匠，但是看不见人；看得见思想家，但是看不见人；看得见牧师，但是看不见人；看得见主子和奴才，成年人和未成年人，但是看不见人。”那时的荷尔德林已经身患癫疾，正在自己疲惫的生命里苟延残喘，可他仍不放过一切指责德国的机会，“我想不出来还有什么民族比德国人更加支离破碎的了”。作为一位德国诗人，他抱怨“德国人眼光短浅的家庭趣味”，他将自己的欢呼送给了法国，送给了共和主义者。那个时代的巴黎，维克多·雨果宣读了他的《克伦威尔序言》，他正在让克伦威尔口出狂言：“我把议会装在我的提包里，我把国王装在我的口袋里。”

然后，《欧那尼》上演了，巴黎剧院里的战争开始了——“幕布一升起，一场暴风雨就爆发了；每当戏剧上演，剧场里就人声鼎沸，要费尽九牛二虎之力才能把戏剧演到收场。连续一百个晚上，《欧那尼》受到了‘嘘嘘’的倒彩，而连续一百个晚上，它同时也受到了热忱的青年们暴风雨般的喝彩。”维克多·雨果的支持者们，那群年轻的画家、建筑家、诗人、雕刻家、音乐家还有印刷工人一连几个晚上游荡在里佛里街，将“维克多·雨果万岁”的口号写满了所有的拱廊。雨果的敌人们订了剧院的包厢，却让包厢空着，以便让报纸刊登空场的消息。他们即使去了剧院，也背对舞台而坐，手里拿着份报纸，假装聚精会神在读报，或者互相做着鬼脸，轻蔑地哈哈大笑，有时候尖声怪叫和乱吹口哨。维克多·雨果安排了三百个座位由自己来支配，于是三百个雨果的支持者铜墙铁壁似的保护着舞台，这里面几乎容纳了整个19世纪法国艺术的精华，有巴尔扎克，有大仲马，有拉马丁、圣伯夫、波德莱尔、梅里美、戈蒂耶、乔治·桑、德拉克洛瓦……波兰人肖邦和匈牙利人李斯特也来到了巴黎。

后来，雨果夫人这样描述她丈夫的那群年轻的支持者：“一群狂放不羁、不同凡响的人物，蓄着小胡子和长头发，穿着各种样式的服装——就是不穿当代的服装——什么羊毛紧身上衣啦，西班牙斗篷啦，罗伯斯庇尔的背心啦，亨利第三的帽子啦——身穿上下各个时代、纵横各个国家的奇装异服，在光天化日之下出现在剧院的门口。”

这就是那个伟大时代的开始。差不多是身在德国的荷尔德林看到了满街的工匠、思想家、牧师、主子和奴才、成年人和未成年人，可是看不到一个“人”的时候，年轻一代的艺术家开始了他们各自光怪陆离的叛逆，他们的叛逆不约而同地首先将自己打扮成了另一种人，那种让品行端正、衣着完美、缠着围巾、戴着高领、正襟危坐的资产阶级深感不安的人，就像李斯特的手在键盘上掠过似的，这一小撮人使整个19世纪像钢丝一样晃动了起来。他们举止粗鲁，性格放荡，随心所欲，装疯卖傻；他们让原有的规范和制度都见鬼去了；这群无政府主义者加上革命者再加上酒色之徒的青年艺术家，似乎就是荷尔德林希望看到的“人”。他们生机勃勃地，或者说是丧心病狂地将人的天赋、人的欲望、人的恶习尽情发挥，然后天才一个一个出现了。

可是勃拉姆斯的作品保持着一如既往的严谨，他生活在那个越来越疯狂，而且疯狂正在成为艺术时尚的时代，而他却是那样的小心翼翼，讲究克制，懂得适可而止，避免奇谈怪论，并且一成不变。他似乎表达了一个真正德国人的性格——内向和深沉，可是他的同胞瓦格纳也是一个真正的德国人，还有荷尔德林式的对德国心怀不满的德国人。瓦格纳建立了与勃拉姆斯完全相反的形象，一种可以和巴黎遥相呼应的形象，一种和那个时代不谋而合的形象。对照之下，勃拉姆斯实在不像是一个艺术家。那个时代里不多的那些天才几乎都以叛逆自居，而勃拉姆斯却心甘情愿地从古典的理想里开始自己的写作；那些天才尽管互相赞美着对方，可是他们每个人都深信自己是孤独的，自己作品里的精神倾向与同时代其他人的作品决然不同，也和过去时代的作品决然不同，勃拉姆斯也同样深信自己是孤独的，可是孤独的方式和他们不一样。其实他只要像瓦格纳那样去尝试几次让人胆战心惊的音响效果；或者像李斯特那样为了艺术，不管是真是假在众人面前昏倒在地一次、歇斯底里地发作一次，他就有希望很像那个时代的艺术家了。可是勃拉姆斯一如既往地严肃着，而且一步步走向了更为抽象的严肃。可怜的勃拉姆斯生活在这样的一个时代，就像是巴赫的和声进入了瓦格纳大号的旋律，他成了一个很多人都想删除的音符。就是远在俄罗斯的柴可夫斯基，也在日记中这样写道：“我刚刚弹奏了无聊的勃拉姆斯作品，真是一个毫无天分的笨蛋。”

勃拉姆斯坚持己见，他将二十岁第一次见到舒曼时就已经显露的保守的个性，内向和沉思的品质保持了终生。1885 年，他在夏天的奥地利写完了自己最后一部交响曲。第四交响曲中过于严谨的最后乐章，使他最亲密的几个朋友都深感意外，他们批评这个乐章清醒却没有生气，建议勃拉姆斯删除这个乐章，另外再重写一个新的乐章。一生固执的勃拉姆斯当然拒绝了，他比任何人都了解自己作品中特殊的严肃气质，一个厚重的结尾乐章是不能替代的。第二年，他开始写作那首 F 大调的大提琴和钢琴奏鸣曲了。

这时候，19 世纪已经所剩无几了，那个疯狂的时代也已经烟消云散。瓦格纳、李斯特相继去世，荷尔德林和肖邦去世已经快有半个世纪了。在法国，那群团结一致互相协作的青年艺术家早就分道扬镳了。维克多·雨果早已经流亡泽西岛，大仲马也早已经将文学变成生财之道，圣伯夫和戈蒂耶在社交圈里流连忘返，梅里美在欧也妮皇后爱情的宫廷里权势显赫，缪塞沉醉在苦酒之中，乔治·桑隐退诺昂，还有一些人进入了坟墓。

勃拉姆斯完成了他的第二首，也是最后一首大提琴和钢琴奏鸣曲，与第一首 E 小调的奏鸣曲相隔了二十一年。往事如烟，不堪回首。勃拉姆斯老了，身体不断地发胖使他越来越感到行动不便。幸运的是他仍然活着，他仍然在自己的音乐里表达着与生俱有的沉思品质。他还是那么的严肃，而且他的严肃越来越深，在内心的深渊里不断下沉，永不见底地下沉着。他是一个一生都行走在同一条道路上的人，从不怀疑自己是否走错了方向，别人的指责和瓦格纳式的榜样从没有让他动心，而且习惯了围绕着他的纷争，在纷争里叙述着自己的音乐。他是一个一生都清醒的人，他知道音乐上的纷争是什么。他知道还在遥远的巴洛克时代就已经喋喋不休了，而且时常会父债子还。他应该读过卡尔·巴赫的书信，也应该知道这位忠诚的学生和儿子在晚年是如何热情地捍卫父亲约翰·巴赫的。当一位英格兰人伯尔尼认为亨德尔在管风琴演奏方面已经超过约翰·巴赫时，卡尔·巴赫愤怒了，他指责英格兰人根本不懂管风琴，因为他们的管风琴是没有踏板的，所以英格兰人不会了解构成杰出的管风琴演奏的条件是什么。卡尔·巴赫在给埃森伯格教授的信中这样写道："脚在解决最红火、最辉煌以及许多伯尔尼一无所知的事情中起着关键的作用。"

勃拉姆斯沉默着，他知道巴赫、莫扎特、贝多芬、舒伯特，还有他的导师舒曼的音乐已经世代相传了，同时音乐上的纷争也在世代相传着，曾经来到过他的身旁，现在经过了他，去寻找更加年轻的一代。如今，瓦格纳和李斯特都已经去世，关于激进的音乐和保守的音乐的纷争也已经远离他们。如同一辆马车从驿站经过，对勃拉姆斯而言，这是最后的一辆马车，车轮在泥泞里响了过去，留下了荒凉的驿站和荒凉的他，纷争的马车已经不愿意在这荒凉之地停留了，它要驶向年轻人热血沸腾的城市。勃拉姆斯茕茕孑立，黄昏正在来临。他完成了这第二首大提琴和钢琴奏鸣曲，这首F大调的奏鸣曲也是他第九十九部音乐作品。与第一首大提琴和钢琴奏鸣曲相比，似乎不是另外一部作品，似乎是第一首奏鸣曲的三个乐章结束后，又增加了四个乐章。

中间相隔的二十一年发生了什么？勃拉姆斯又是如何度过的？疑问无法得到解答，谁也无法从他的作品里去感受他的经历，他的作品和作品之间似乎只有一夜之隔，漫长的二十一年被取消了。这是一个内心永远大于现实的人，而且他的内心一成不变。他在二十岁的时候已经具有了五十三岁的沧桑，在五十三岁的时候他仍然像二十岁那样年轻。

第二首大提琴和钢琴奏鸣曲保持了勃拉姆斯内省的激情，而漫长的回忆经过了切割之后，成为叹息一样的段落，在旋律里闪现。于是这一首奏鸣曲更加沉重和阴暗，不过它有着自始至终的、饱满的温暖。罗斯特罗波维奇和塞尔金的演奏仿佛是黄昏的降临，万物开始沉浸到安宁之中，人生来到了梦的边境，如歌如诉，即便是死亡也是温暖的。这时候的大提琴和钢琴就像是两位和谐的老人，坐在夕阳西下的草坡上，面带微笑地欣赏着对方的发言。

很多年过去了，勃拉姆斯的生命消失了，他的音乐没有消失，他的音乐没有在他生命终止的地方停留下来，他的音乐叙述着继续向前，与瓦格纳的音乐走到了一起，与李斯特和肖邦的音乐走到了一起，又和巴赫、贝多芬和舒曼的音乐走到了一起，他们的音乐无怨无恨地走在了一起，在没有止境的道路上进行着没有止境的行走。

然而，年轻一代成长起来了，勋伯格成长起来了，这位20世纪最伟大的音乐革命者，这位瓦格纳的信徒，同时也是勃拉姆斯的信徒，在他著名的《升华之夜》里，将瓦格纳的半音和弦和勃拉姆斯室内乐作品中精致结构以及淋漓尽致的动机合二为一了。勋伯格当然知道有关瓦格纳和勃拉姆斯的纷争，而且他自己也正在经历着类似的纷争。对于他来说，也对于其他年轻的作曲家来说，勃拉姆斯是一位音乐语言的伟大创新者，他在那个时代被视为保守的音乐写作在后来者眼中，开始显示其前瞻的伟大特性；至于瓦格纳，他在那个时代就已经是公认的激进主义者，公认的音乐语言的创新者，后来时代的人也就不会再去枉费心机了。随着瓦格纳和勃拉姆斯的去世，随着那个时代的结束，有关保守和激进的纷争也自然熄灭了。这两位生前水火不相容的作曲家，在他们死后，在勋伯格这一代人眼中，也在勋伯格之后的那一代人眼中，他们似乎亲如兄弟，他们的智慧相遇在《升华之夜》，而且他们共同去经历那些被演奏的神圣时刻，共同给予后来者有效的忠告和宝贵的启示。

事实上，是保守还是激进，不过是一个时代的看法，它从来都不是音乐的看法。任何一个时代都会结束，与那些时代有关的看法也同样在劫难逃。对于音乐而言，从来就不存在什么保守的音乐和激进的音乐，音乐是那些不同时代和不同国家民族的人，那些不同经历和不同性格的人，出于不同的理由和不同的认识，以不同的立场和不同的形式，最后以同样的赤诚之心创造出来的。因此，音乐里只有叙述的存在，没有其他的存在。

1939年，帕布罗·卡萨尔斯为抗议佛朗哥政府，离开了西班牙，来到了法国的普拉德小镇居住，这位“最伟大的大提琴家，又是最高尚的人道主义者”开始了他隐居的生活。卡萨尔斯选择了紧邻西班牙国境的普拉德小镇，使他离开了西班牙以后，仍然可以眺望西班牙。帕布罗·卡萨尔斯的存在，使普拉德小镇成为召唤，召唤着游荡在世界各地的音乐家。在每一年的某一天，这些素未谋面或者阔别已久的音乐家就会来到安静的普拉德，来到卡萨尔斯音乐节。于是普拉德小镇的广场成为人类音乐的广场，这些不同肤色、不同年龄和不同性别的音乐家坐到了一起，在白雪皑皑的阿尔卑斯山下，人们听到了巴赫和亨德尔的声音，听到了莫扎特和贝多芬的声音，听到了勃拉姆斯和瓦格纳的声音，听到了巴托克和梅西安的声音……只要他们乐意，他们可以演奏音乐里所有形式的叙述，可是他们谁也无法演奏音乐史上的纷争。

音乐影响了我的写作

二十多年前，有那么一两个星期的时间，我突然迷上了作曲。那时候我还是一名初中的学生，正在经历着一生中最快乐的时光，我记得自己当时怎么也分不清上课和下课的铃声，经常是在下课铃响时去教室上课了，与蜂拥而出的同学们迎面相撞，我才知道又弄错了。那时候我喜欢将课本卷起来，插满身上所有的口袋，时间一久，我所有的课本都失去了课本的形象，像茶叶罐似的，一旦掉到地上就会滚动起来。我的另一个杰作是，我把我所有的鞋都当成了拖鞋，我从不将鞋的后帮拉出来，而是踩着它走路，让它发出那种只有拖鞋才会有的漫不经心的声响。接下去，我欣喜地发现我的恶习在男同学中间蔚然成风，他们的课本也变圆了，他们的鞋后帮也被踩了下去。

这大概是1974年，或者1975年的事，“文革”进入了后期，生活在越来越深的压抑和平庸里，一成不变地继续着。我在上数学课的时候去打篮球，上化学或者物理课时在操场上游荡，无拘无束。然而课堂让我感到厌倦之后，我又开始厌倦自己的自由了，我感到了无聊，我愁眉苦脸，不知道如何打发日子。这时候我发现了音乐，准确的说法是我发现了简谱，于是在像数学课一样无聊的音乐课里，我获得了生活的乐趣，激情回来了，我开始作曲了。

应该说，我并不是被音乐迷住了，我在音乐课上学唱的都是我已经听了十来年的歌，从《东方红》到革命现代京剧，我熟悉了那些旋律里的每一个角落，我甚至都能够看见里面的灰尘和阳光照耀着的情景，它们不会吸引我，只会让我感到头疼。

可是有一天，我突然被简谱控制住了，仿佛里面伸出来了一只手，紧紧抓住了我的目光。当然，这是在上音乐课的时候，音乐老师在黑板前弹奏着风琴，这是一位儒雅的男子，有着圆润的嗓音，不过他的嗓音从来不敢涉足高音区，每到那时候他就会将风琴的高音弹奏得非常响亮，以此蒙混过关。其实没有几个学生会去注意他，音乐课也和其他的课一样，整个教室就像是庙会，有学生在进进出出，另外一些学生不是坐在桌子上，就是背对着黑板与后排的同学聊天。就是在这样的情景里面，我被简谱迷住了，而不是被音乐迷住。

我不知道是出于什么原因，可能是我对它们一无所知。不像我翻开那些语文、数学的课本，我有能力去读懂里面正在说些什么。可是那些简谱，我根本不知道它们在干什么，我只知道我所熟悉的那些歌一旦印刷下来就是这副模样，稀奇古怪地躺在纸上，暗暗讲述着声音的故事。无知构成了神秘，然后成为召唤，我确实被深深地吸引了，而且勾引出了我创作的欲望。

我丝毫没有去学习这些简谱的想法，直接就是利用它们的形状开始了我的音乐写作，这肯定是我一生里唯一的一次音乐写作。我记得我曾经将鲁迅的《狂人日记》谱写成音乐，我的做法是先将鲁迅的作品抄写在一本新的作业簿上，然后将简谱里的各种音符胡乱写在上面，我差不多写下了这个世界上最长的一首歌，而且是一首无人能够演奏，也无人有幸聆听的歌。

这项工程消耗了我几天的热情，接下去我又将语文课本里其他的一些内容也打发进了音乐的简谱，我在那个时期的巅峰之作是将数学方程式和化学反应也都谱写成了歌曲。然后，那本作业簿写满了，我也写累了。这时候我对音乐的简谱仍然是一无所知，虽然我已经暗暗拥有了整整一本作业簿的音乐作品，而且为此自豪，可是我朝着音乐的方向没有跨出半步，我不知道自己胡乱写上去的乐谱会出现什么样的声音，只是觉得看上去很像是一首歌，我就完全心满意足了。

不久之后，那位嗓音圆润的音乐老师因为和一个女学生有了性的交往，离开学校去了监狱，于是音乐课没有了。此后，差不多有十八年的时间，我不再关心音乐，只是偶尔在街头站立一会儿，听上一段正在流行的歌曲，或者是经过某个舞厅时，顺便听听里面的舞曲。

1983年，我开始了第二次的创作，当然这一次没有使用简谱，而是使用语言，我像一个作家那样地写作了，然后像一个作家那样地发表和出版自己的写作，并且以此为生。

又是很多年过去了，李章要我为《音乐爱好者》写一篇文章，他要求我今天将文章传真给他，可是我今天才坐到写字桌前，现在我已经坐了有四个多小时了，前面的两个小时里打了两个电话，看了几眼电视，又到外面的篮球场上去跑了十圈，然后心想时间正在流逝，一寸光阴一寸金，必须写了。

我的写作还在继续，接下去我要写的开始和这篇文章的题目有点关系了。我经常感到生活在不断暗示我，它向我使眼色，让我走向某一个方向，我在生活中是一个没有主见的人，所以我每次都跟着它走了。在我十五岁的时候，音乐以简谱的方式迷惑了我，到我三十三岁那一年，音乐真的来到了。

我心想：是生活给了我音乐。生活首先要求我给自己买一套音响，那是在1993年的冬天，有一天我发现自己缺少一套音响，随后我感到应该有，几天以后，我就将自己组合的音响搬回家，那是由美国的音箱和英国的功放以及飞利浦的CD机组合起来的，卡座是日本的，这套像联合国维和部队的音响就这样进驻了我的生活。

接着，CD唱片源源不断地来到了，在短短半年的时间里，我买进了差不多有四百张CD。我的朋友朱伟是我购买CD的指导老师，那时候他刚离开《人民文学》，去三联书店主编《爱乐》

杂志，他几乎熟悉北京所有的唱片商店，而且精通唱片的品质。我最早买下的二十来张CD就是他的作为，那是在北新桥的一家唱片店，他沿着柜台走过去，察看着版本不同的CD，我跟在他的身后，他不断地从柜子上抽出CD递给我，走了一圈后，他回头看看我手里捧着的一堆CD，问我："今天差不多了吧？"我说："差不多了。"然后，我就去付了钱。

我没有想到自己会如此迅猛地热爱上了音乐，本来我只是想附庸风雅，让音响出现在我的生活中，然后在朋友们谈论马勒的时候，我也可以凑上去议论一下肖邦，或者用那些模棱两可的词语说上几句卡拉扬。然而音乐一下子就让我感受到了爱的力量，像炽热的阳光和凉爽的月光，或者像暴风雨似的来到了我的内心，我再一次发现人的内心其实总是敞开着的，如同敞开的土地，愿意接受阳光和月光的照耀，愿意接受风雪的降临，接受一切所能抵达的事物，让它们都渗透进来，而且消化它们。

我那维和部队式的音响最先接待的客人，是由古尔德演奏的巴赫的《英国组曲》，然后是鲁宾斯坦演奏的肖邦的《夜曲》，接下来是交响乐了，我听了贝多芬、莫扎特、勃拉姆斯、柴可夫斯基、海顿和马勒之后，我突然发现了一个我以前不知道的人——布鲁克纳，这是卡拉扬指挥柏林爱乐演奏的《第七交响曲》，我后来想起来是那天朱伟在北新桥的唱片店拿给我的，当时我手里拿了一堆的CD，我根本不知道有这么一张，结果布鲁克纳突然出现了，史诗般叙述中巨大的弦乐深深感动了我，尤其是第二乐章——使用了瓦格纳大号乐句的那个乐章，我听到了庄严缓慢的内心的力量，听到了一个时代倒下去的声音。布鲁克纳在写作这一乐章的时候，瓦格纳去世了。我可以想象当时的布鲁克纳正在经历着什么，就像那个时代的音乐正在经历的一样，为失去了瓦格纳而百感交集。

然后我发现了巴托克，发现了还有旋律如此丰富，节奏如此迷人的弦乐四重奏，匈牙利美妙的民歌在他的弦乐四重奏里跳跃地出现，又跳跃地消失，时常以半个乐句的方式完成其使命，民歌在最现代的旋律里欲言又止，激动人心。巴托克之后，我认识了梅西安，那是在西单的一家小小的唱片店里，是一个年纪比我大，我们都叫他小魏的人拿给了我，他给了我《图伦加利拉交响曲》，他是从里面拿出来的，告诉我这个叫梅西安的法国人有多棒，我怀疑地看着他，没有买下。过了一些日子我再去小魏的唱片店时，他再次从里面拿出了梅西安。就这样，我聆听并且拥有了《图伦加利拉交响曲》，这部将破坏和创造，死亡和生命，还有爱情熔于一炉的作品让我浑身发抖，直到现在我只要想起来这部作品，仍然会有激动的感觉。不久之后，波兰人希曼诺夫斯基给我带来了《圣母悼歌》，我的激动再次被拉长了。有时候，我仿佛会看到 1905 年的柏林，希曼诺夫斯基与另外三个波兰人组建了“波兰青年音乐协会”，这可能是世界上最小的协会，在贫穷和伤心的异国他乡，音乐成了壁炉里的火焰，温暖着他们。

音乐的历史深不可测，如同无边无际的深渊，只有去聆听，才能知道它的丰厚，才会意识到它的边界是不存在的。在那些已经家喻户晓的作者和作品的后面，存在着星空一样浩瀚的旋律和节奏，等待着我们去和它们相遇，让我们意识到在那些最响亮的名字的后面，还有一些害羞的和伤感的名字，这些名字所代表的音乐同样经久不衰。

然后，音乐开始影响我的写作了，确切的说法是我注意到了音乐的叙述，我开始思考巴托克的方法和梅西安的方法，在他们的作品里，我可以更为直接地去理解艺术的民间性和现代性，接着一路向前，抵达时间的深处，路过贝多芬和莫扎特，路过亨德尔和蒙特威尔第，来到了巴赫的门口。从巴赫开始，我的理解又走了回来。然后就会意识到巴托克和梅西安独特品质的历史来源，事实上从巴赫就已经开始了，这位巴洛克时代的管风琴大师其实就是一位游吟诗人，他来往于宫廷、教堂和乡间，于是他的内心逐渐地和生活一样宽广，他的写作指向了音乐深处，其实也就指向了过去、现在和未来。如何区分一位艺术家身上兼而有之的民间性和现代性，在巴赫的时候就已经不可能，两百年之后在巴托克和梅西安那里，区分的不可能得到了继承，并且传递下去。尽管后来的知识分子虚构了这样的区分，他们像心脏外科医生一样的实在，需要区分左心室和右心室，区分肺动脉和主动脉，区分肌肉纵横间的分布，从而使他们在手术台上不会迷失方向。可是音乐是内心创造的，不是心脏创造的，内心的宽广是无法解释的，它由来已久的使命就是创造，不断地创造，让一个事物拥有无数的品质，只要一种品质流失，所有的品质都会消亡，因为所有的品质其实只有一种。这是巴赫给予我的教诲。

我要感谢门德尔松，1829 年他在柏林那次伟大的指挥，使《马太受难曲》终于得到了它应得的荣耀。多少年过去了，巴赫仍然生机勃勃，他成了巴洛克时代的骄傲，也成了所有时代的骄傲。我无幸聆听门德尔松的诠释，我相信那是最好的。我第一次听到的《马太受难曲》，是加德纳的诠释，加德纳与蒙特威尔第合唱团演绎的巴赫也足以将我震撼。我明白了叙述的丰富在走向极致以后其实无比单纯，就像这首伟大的受难曲，将近三个小时的长度，却只有一两首歌曲的旋律，宁静、辉煌、痛苦和欢乐都重复着这几行单纯的旋律，仿佛只用了一个短篇小说的结构和篇幅就表达了文学中最绵延不绝的主题。1843 年，柏辽兹在柏林听到了它，后来他这样写道：

> 每个人都在用眼睛跟踪歌本上的词句，大厅里鸦雀无声，没有一点声音，既没有表示赞赏，也没有指责的声音，更没有鼓掌喝彩，人们仿佛是在教堂里倾听福音歌，不是在默默地听音乐，而是在参加一次礼拜仪式。人们崇拜巴赫，信仰他，毫不怀疑他的神圣性。

我的不幸是我无法用眼睛去跟踪歌本上的词句，我不明白蒙特威尔第合唱团正在唱些什么，我只能去倾听旋律和节奏的延伸，这样反而让我更为仔细地去关注音乐的叙述，然后我相信自己听到了我们这个世界上最为美妙的叙述。在此之前，我曾经在《圣经》里读到过这样的叙述，此后是巴赫的《平均律》和这一首《马太受难曲》。我明白了柏辽兹为什么会这样说：“巴赫就像巴赫，正像上帝就像上帝一样。”

此后不久，我又在肖斯塔科维奇的《第七交响曲》第一乐章里听到了叙述中“轻”的力量，那个著名的侵略插部，侵略者的脚步在小鼓中以一百七十五次的重复压迫着我的内心，音乐在恐怖和反抗、绝望和战争、压抑和释放中越来越沉重，也越来越巨大和慑人感官。我第一次聆听的时候，不断地问自己：怎么结束？怎么来结束这个力量无穷的音乐插部？最后的时刻我被震撼了，肖斯塔科维奇让一个尖锐的抒情小调结束了这个巨大可怕的插部。那一小段抒情的弦乐轻轻地飘向了空旷之中，这是我听到过的最有力量的叙述。后来，我注意到在柴可夫斯基、布鲁克纳、勃拉姆斯的交响乐中，也在其他更多的交响乐中“轻”的力量，也就是小段的抒情有能力覆盖任何巨大的旋律和激昂的节奏。其实文学的叙述也同样如此，在跌宕恢宏的篇章后面，短暂和安详的叙述将会出现更加有力的震撼。

有时候，我会突然怀念起自己十五岁时的作品，那些写满了一本作业簿的混乱的简谱，我不知道什么时候丢掉了它，它的消失会让我偶尔唤起一些伤感。我在过去的生活中失去了很多，是因为我不知道失去的重要，我心想在今后的生活里仍会如此。如果那本作业簿还存在的话，我希望有一天能够获得演奏，那将是什么样的声音？胡乱的节拍，随心所欲的音符，最高音和最低音就在一起，而且不会有过渡，就像山峰没有坡度就直接进入峡谷一样。我可能将这个世界上最没有理由在一起的音节安排到了一起，如果演奏出来，我相信那将是最令人不安的声音。

灵　感

什么是灵感？亚里士多德在《修辞学》里曾经引用了伯里克利的比喻，这位希腊政治家谈到那些为祖国而在战争中死去的年轻人时，这样说："就像从我们的一年中夺走了春天。"是什么原因让伯里克利将被夺走的春天和死去的年轻人重叠到一起？古典主义的答案很单纯，他们认为这是神的旨意。这个推脱责任的答案似乎是有关灵感的最好解释，因为它无法被证明，同时也很难被驳倒。

柏拉图所作《伊安篇》可能是上述答案的来源，即便不能说是最早的，也可以说它是最完整的来源。能说会道的苏格拉底在家中接待了远道而来的吟诵诗人伊安，然后就有了关于灵感的传说。受人宠爱的伊安是荷马史诗最好的吟诵者，他带着两个固执的想法来见苏格拉底，他认为自己能够完美地吟诵荷马的作品，而不能很好地吟诵赫西尔德和阿岂罗库斯的作品，其原因首先是荷马的作品远远高于另两位诗人的作品，其次就是他自己吟诵的技艺。苏格拉底和伊安的对话是一次逻辑学上著名的战役，前者不断设置陷阱，后者不断掉入陷阱。最后苏格拉底让伊安相信了他之所以能够完美地吟诵荷马的作品，不是出于技艺，也不是荷马高于其他诗人，而是因为灵感的作用，也就是有一种神力在驱使着他。可怜的伊安说："我现在好像明白了大诗人们都是灵感的神的代言人。"苏格拉底进一步说："而你们吟诵诗人又是诗人的代言人。"于是，伊安没有了自己的想法，他带着苏格拉底的想法回家了。

理查·施特劳斯的父亲经常对他说："莫扎特活到三十六岁为止所创作的作品，即使在今天请最好的抄写员来抄，也难以在同样的时间里把这些作品抄完。"是什么原因让那位乐师的儿子在短短一生中写出了如此大量的作品？理查·施特劳斯心想："他一定是被天使手中的飞笔提示和促成的——正像费兹纳的歌剧《帕列斯特里那》第一幕最后一景中所描绘的那样。"在其他作曲家草稿本中所看到的修改的习惯，在莫扎特那里是找不到的。于是，理查·施特劳斯只能去求助古典主义的现成答案，他说："莫扎特所写的作品几乎全部来自灵感。"

莫扎特是令人羡慕的，当灵感来到他心中时似乎已经是完美的作品，而不是点点滴滴的启示，仿佛他手中握有天使之笔，只要墨水还在流淌，灵感就会一直飞翔。理查·施特劳斯一直惊讶于古典主义作曲家源源不断的创作灵感，在海顿、贝多芬和舒伯特身上，同样显示出了惊人的写作速度和数量。“他们的旋律是如此的众多，旋律本身是这样的新颖，这样的富有独创性，同时又各具特点而不同。”而且，在他们那里“要判断初次出现灵感和它的继续部分以及它发展成为完整的、扩展的歌唱性乐句之间的关系是困难的”。也就是说，理查·施特劳斯无法从他们的作品中分析出灵感与写作的持续部分是如何连接的。一句话，理查·施特劳斯没有自己的答案，他就像一个不会言说的孩子那样只能打着手势。

对歌德来说，“我在内心得到的感受，比我主动的想象力所提供的，在千百个方面都要更富于美感，更为有力，更加美好，更为绚丽”。内心的感受从何而来？歌德暗示了那是神给予他的力量。不仅仅是歌德，几乎所有的艺术家在面对灵感时，都不约而同地将自己下降到奴仆的位置，他们的谦卑令人感到他们的成就似乎来自某种幸运，灵感对他们宠爱的幸运。而一个艺术家的修养、技巧和洞察力，对他们意味着——用歌德的话说：“只不过使我内心的观察和感受艺术性地成熟起来，并给它复制出生动的作品。”然后，歌德说出了那句著名的话，“我把我的一切努力和成就都看作象征性的”，是灵感或者是神的意旨的象征。

当灵感来到理查·施特劳斯身上时，是这样的：“我感到一个动机或二到四小节的旋律乐句是突然进入我的脑海的，我把它记在纸上，并立即把它发展成八小节、十六小节或三十二小节的乐句。它当然不是一成不变，而是经过或长或短的‘陈放’之后，通过逐步的修改，成为经得起自己对它的最严厉审核的最终形式。”而且“作品进展的速度主要取决于想象力何时能对我作进一步的启示”。对理查·施特劳斯来说，灵感来到时的精神活动不仅仅和天生的才能有关，也和自我要求和自我成长有关。

这里显示了灵感来到时两种不同的命运。在莫扎特和索福克勒斯那里，灵感仿佛是夜空的星辰一样繁多，并且以源源不断的方式降临，就像那些不知疲倦的潮汐，永无休止地拍打着礁石之岸和沙滩之岸。而在理查·施特劳斯这些后来的艺术家那里，灵感似乎是沙漠里偶然出现的绿洲，来到之后还要经历一个“陈放”的岁月，而且在这或长或短的“陈放”结束以后，灵感是否已经成熟还需要想象力进一步的启示。

理查·施特劳斯问自己：“究竟什么是灵感？”他的回答是：“一次音乐的灵感被视为一个动机，一支旋律；我突然受到‘激发’，不受理性指使地把它表达出来。”理查·施特劳斯在对灵感进行“陈放”和在等待想象力进一步启示时，其实已经隐含了来自理性的判断和感悟。事实上，在柏辽兹和理查·施特劳斯这些热衷于标题音乐的作曲家那里，理性或明或暗地成为他们叙述时对方向的选择。只有在古典主义的艺术家那里，尤其是在莫扎特那里，理性才是难以捉摸的。这就是为什么人们总喜欢认为莫扎特是天使的原因，因为他和灵感之间的亲密关系是独一无二的。尽管在接受灵感来到的方式上有着不同的经历，理查·施特劳斯在面对灵感本身时和古典主义没有分歧，他否定了理性的指使，而强调了突然受到的“激发”。

柴可夫斯基在给梅克夫人的信中，指责了有些人认为音乐创作是一项冷漠和理性的工作，他告诉梅克夫人，“您别相信他们的话”，他说：“只有从艺术家受灵感所激发的精神深处流露出来的音乐才能感动、震动和触动人。”柴可夫斯基同样强调了灵感来到时的唯一方式——激发。在信中，柴可夫斯基仔细地描述了灵感来到时的美妙情景，他说：“忘掉了一切，像疯狂似的，内心在战栗，匆忙地写下草稿，一个乐思紧追着另一个乐思。”

这时候的柴可夫斯基“我满心的无比愉快是难以用语言向您形容的”，可是接下去倒霉的事发生了，“有时在这种神奇的过程中，突然出现了外来的冲击，使人从这种梦游的意境中觉醒。有人按门铃，仆人进来了，钟响了，想起应该办什么事了”。柴可夫斯基认为这样的中断是令人难受的，因为中断使灵感离去了，当艺术家的工作在中断后继续时，就需要重新寻找灵感，这时候往往是无法唤回飞走的灵感的。为什么在那些最伟大的作曲家的作品中常常可以看到缺乏有机的联系之处？为什么他们写下了出现漏洞、整体中的局部勉强黏合在一起的作品？柴可夫斯基的看法是：在灵感离去之后这些作曲家凭借着技巧还在工作，“一种十分冷漠的、理性的、技术的工作过程来提供支持了”。柴可夫斯基让梅克夫人相信，对艺术家来说，灵感必须在他们的精神状态中不断持续，否则艺术家一天也活不下去。如果没有灵感，那么“弦将绷断，乐器将成为碎片”。

柴可夫斯基将灵感来到后的状态比喻为梦游，理查·施特劳斯认为很多灵感是在梦中产生的，为此他引用了《名歌手》中沙赫斯的话——“人的最真实的幻想是在梦中对我们揭示的”。他问自己：“我的想象是否在夜晚独自地、不自觉地、不受‘回忆’束缚地活动着？”与此同时，理查·施特劳斯相信生理的因素有时候也起到了某些决定性的作用，他说：“我在晚间如遇到创作上的难题，并且百思不得其解时，我就关上我的钢琴和草稿本，上床入睡。当我醒来时，难题解决了，进展顺利。”

理查·施特劳斯将灵感视为“新的、动人的、激发兴趣的、深入到灵魂深处的、前所未有的东西”，因此必须要有一副好身体才能承受它们源源不断的降临。他的朋友马勒在谈到自己创作《第二交响曲》的体会时，补充了一个重要的环节，那就是某些具有特定气氛的场景帮助促成了艺术家和灵感的美妙约会。当时的马勒雄心勃勃，他一直盘算着将合唱用在《第二交响曲》的最后一个乐章，可是他又顾虑重重，他担心别人会认为他是在对贝多芬的表面模仿，“所以我一次又一次地裹足不前”，这时他的朋友布罗去世了，他出席了布罗的追悼会。当他坐在肃穆和沉静的追悼会中时，他发现自己的心情正好是那部已经深思熟虑的作品所要表达的精神。这仅仅是开始，命运里隐藏的巧合正在将马勒推向激情之岸，如同箭在弦上一样，然后最重要的时刻出现了——合唱队从风琴楼厢中唱出克洛普斯托克的圣咏曲《复活》，马勒仿佛受到闪电一击似的，灵感来到了。“顿时，我心中的一切显得清晰、明确！创造者等待的就是这种闪现，这就是‘神圣的构思’。”

马勒在给他的朋友安东·西德尔的信中，解释了灵感对于艺术家的重要性。在他看来，要让艺术家说清自己的性格是什么，自己的目标是什么是十分困难的。“他像个梦游者似的向他的目标蹒跚地走去——他不知道他走的是哪条路（也许是一条绕过使人目眩的深渊的路），但是他向远处的光亮走去，不论它是不朽的星光，还是诱人的鬼火。”马勒说出了一个重要的事实，那就是艺术家永远都无法知道自己走的是哪条路，如果他们有勇气一直往前走的话，他们必将是灵感的信徒。就像远处的光亮一样，指引着他们前行的灵感是星光还是鬼火其实不重要，重要的是这灵感之光会使艺术家“心中的一切显得清晰、明确”；与此同时，灵感也带来了自信，使那些在别人的阴影里顾虑重重和裹足不前的人看到了自己的阳光。这样的阳光帮助马勒驱散了贝多芬的阴影，然后，他的叙述之路开始明亮和宽广了。

与理查·施特劳斯一样，马勒认为对一个构思进行“陈放”是必要的。他告诉安东·西德尔，正是在构思已经深思熟虑之后，布罗追悼会上突然出现的灵感才会如此迅猛地冲击他。“如果我那时心中尚未出现这部作品的话，我怎么会有那种感受？所以这部作品一定是一直伴随着我。只有当我有这种感受时我才创作；我创作时，我才有这样的感受。”

在加西亚·马尔克斯这里，“陈放”就是“丢弃”。他在和门多萨的对话《番石榴飘香》中这样说：“如果一个题材经不起多年的丢弃，我是绝不会有兴趣的。”他声称《百年孤独》想了十五年，《家长的没落》想了十六年，而那部只有一百页的《一桩事先张扬的凶杀案》想了三十年。马尔克斯认为自己之所以能够瓜熟蒂落地将这些作品写出来，唯一的理由就是那些想法经受住了岁月的考验。

对待一个叙述构想就像是对待婚姻一样需要深思熟虑。在这方面，马尔克斯和马勒不谋而合。海明威和他们有所不同，虽然海明威也同意对一个题材进行“陈放”是必要的，他反对仓促动笔，可是他认为不能搁置太久。过久的搁置会丧失叙述者的激情，最终会使美妙的构思沦落为遗忘之物。然而，马尔克斯和马勒似乎从不为此操心，就像他们从不担心自己的妻子是否会与人私奔，他们相信自己的构想会和自己的妻子一样忠实可靠。在对一个构想进行长期的陈放或者丢弃之时，马尔克斯和马勒并没有袖手旁观，他们一直在等待，确切地说是在寻找理查·施特劳斯所说的“激发”，也就是灵感突然地出现。如同马勒在布罗追悼会上的遭遇，在对《百年孤独》的构想丢弃了十五年以后，有一天，当马尔克斯带着妻子和儿子开车去阿卡普尔科旅行时，他脑中突然出现了一段叙述——“多年之后，面对枪决行刑队，雷奥良诺·布恩地亚上校将会想起，他父亲带他去见识冰块的那个遥远的下午。”

于是，旅行在中途结束了，《百年孤独》的写作开始了。这情景有点像奥克塔维奥·帕斯所说的，灵感来到时“词语不待我们呼唤就自我呈现出来”。帕斯将这样的时刻称为“灵光一闪”，然后他从另一个角度解释了什么是灵感，他说：“灵感就是文学经验本身。”与歌德不同的是，帕斯强调了艺术家自身的修养、技巧和洞察力的重要性，同时他也为“陈放”或者“丢弃”的必要性提供了支持。在帕斯看来，正是这些因素首先构成了河床，然后灵感之水才得以永不间断地流淌和荡漾；而且“文学经验本身”也创造了艺术家的个性，帕斯认为艺术家与众不同的独特品质来源于灵感，正是因为“经验”的不同，所获得的灵感也不相同。他说：“什么叫灵感？我不知道。但我知道，正是那种东西使鲁文·达里奥的一行十一音节诗有别于贡戈拉，也有别于克维多。”

加西亚·马尔克斯对灵感的解释走向了写作的现实，或者说他走向了苏格拉底的反面，他对门多萨说：“灵感这个词已经给浪漫主义作家搞得声名狼藉了。我认为，灵感既不是一种才能，也不是一种天赋，而是作家坚韧不拔的精神和精湛的技巧为他们所努力要表达的主题做出的一种和解。”马尔克斯想说的似乎是歌德那句著名的格言——天才即勤奋，但是他并不认为自己的成就是象征性的，他将灵感解释为令他着迷的工作。“当一个人想写点东西的时候，那么这个人和他要表达的主题之间就会产生一种互相制约的紧张关系，因为写作的人要设法探究主题，而主题则力图设置种种障碍。有时候，一切障碍会一扫而光，一切矛盾会迎刃而解，会发生过去梦想不到的事情。这时候，你才会感到，写作是人生最美好的事情。”然后，写作者才会明白什么是灵感。他补充道：“这就是我所认为的灵感。”

我手头的资料显示了两个不同的事实，古典主义对灵感的解释使艺术创作显得单纯和宁静，而理查·施特劳斯之后的解释使创作活动变得令人望而生畏。然而无论哪一种解释都不是唯一的声音，当古典主义认为灵感就是神的意旨时，思想的权威蒙田则表示“必须审慎看待神的意旨”，因为“谁人能知上帝的意图？谁人能想象天主的旨意？”蒙田以他一贯的幽默说：“太阳愿意投射给我们多少阳光，我们就接受多少。谁要是为了让自己身上多受阳光而抬起眼睛，他的自以为是就要受到惩罚。”同样的道理，那些敢于解释灵感的后来者，在他们的解释结束之后，也会出现和帕斯相类似的担忧，帕斯在完成他的解释工作后声明：“像所有的人一样，我的答案也是暂时性的。”

从苏格拉底到马尔克斯，有关灵感解释的历史，似乎只是为了表明创作越来越艰难的历史。而究竟什么是灵感，回答的声音永远在变奏着。如果有人告诉我：“人们所以要解释灵感，并不是他们知道灵感，而是他们不知道。”我不会奇怪。

色　彩

“我记得有一次和里姆斯基·科萨科夫、斯克里亚宾坐在和平咖啡馆的一张小桌子旁讨论问题。”拉赫玛尼诺夫在《回忆录》里记录了这样一件往事——这位来自莫斯科乐派的成员与来自圣彼得堡派“五人团”的里姆斯基·科萨科夫有着亲密的关系，尽管他们各自所处的乐派几乎永远是对立的，然而人世间的友谊和音乐上的才华时常会取消对立双方的疆界，使他们坐到了一起。虽然在拉赫玛尼诺夫情绪开朗的回忆录里无法确知他们是否经常相聚，我想聚会的次数也不会太少。这一次他们坐到一起时，斯克里亚宾也参加了进来。

话题就是从斯克里亚宾开始的，这位后来的俄罗斯“印象派”刚刚有了一个新发现，正试图在乐音和太阳光谱之间建立某些关系，并且已经在自己构思的一部大型交响乐里设计这一层关系了。斯克里亚宾声称自己今后的作品应该拥有鲜明的色彩，让光与色和音乐的变化配合起来，而且还要在总谱上用一种特殊的系统标上光与色的价值。

习惯了在阴郁和神秘的气氛里创造音符的拉赫玛尼诺夫，对斯克里亚宾的想法是否可行深表怀疑，令他吃惊的是里姆斯基·科萨科夫居然同意这样的说法，这两个人都认为音乐的调性和色彩有联系，拉赫玛尼诺夫和他们展开了激烈的争论。就像其他场合的争论，只要有三个人参与的争论，分歧就不会停留在两方。里姆斯基·科萨科夫和斯克里亚宾在原则上取得一致后，又在音与色的对等接触点上分道扬镳。里姆斯基·科萨科夫认为降E大调是蓝色的，斯克里亚宾则一口咬定是紫红色的。他们之间的分歧让拉赫玛尼诺夫十分高兴，这等于是在证明拉赫玛尼诺夫是正确的。可是好景不长，这两个人随即在其他调性上看法一致了，他们都认为D大调是金棕色的。里姆斯基·科萨科夫突然转过身去，大声告诉拉赫玛尼诺夫："我要用你自己的作品来证明我们是正确的。例如，你的《吝啬的骑士》中的一段：老男爵打开他的珠宝箱，金银珠宝在火光的照耀下闪闪发光，对不对？"

拉赫玛尼诺夫不得不承认，那一段音乐确实是写在D大调里的。里姆斯基·科萨科夫为拉赫玛尼诺夫寻找的理由是："你的直觉使你下意识地遵循了这些规律。"拉赫玛尼诺夫想起来里姆斯基·科萨科夫的歌剧《萨特阔》里的一个场景：群众在萨特阔的指挥下从伊尔曼湖中拖起一大网金色的鱼时，立即爆发了欢乐的喊叫声："金子！金子！"这个喊叫声同样也是写在D大调里。拉赫玛尼诺夫最后写道："我不能让他们不带着胜利者的姿态离开咖啡馆，他们相信已经彻底地把我驳倒了。"

从《回忆录》来看，拉赫玛尼诺夫是一个愉快的人，可是他的音乐是阴郁的。这是很多艺术家共有的特征，人的风格与作品的风格常常对立起来。显然，艺术家不愿意对自己口袋里已经拥有的东西津津乐道，对艺术的追求其实也是对人生的追求，当然这一次是对完全陌生的人生的追求，因为艺术家需要虚构的事物来填充现实世界里过多的空白。毕加索的解释是艺术家有着天生的预感，当他们心情愉快的时候，他们就会预感到悲伤的来临，于是提前在作品中表达出来；反过来，当他们悲伤的时候，他们的作品便会预告苦尽甜来的欢乐。拉赫玛尼诺夫两者兼而有之，《回忆录》显示，拉赫玛尼诺夫愉快的人生之路是稳定和可靠的，因此他作品中阴郁的情绪也获得了同样的稳定，成为贯穿他一生创作的基调。我们十分轻易地从他作品中感受到俄罗斯草原辽阔的气息，不过他的辽阔草原始终是灰蒙蒙的。他知道自己作品中缺少鲜明的色彩，或者说是缺少色彩的变化。为此，他尊重里姆斯基·科萨科夫，他说："我将永远不会忘记里姆斯基·科萨科夫对我的作品所给予的批评。"

他指的是《春天》康塔塔。里姆斯基·科萨科夫认为他的音乐写得很好，可是乐队里没有出现"春天"的气息。拉赫玛尼诺夫感到这是一针见血的批评，很多年以后，他仍然想把《春天》康塔塔的配器全部修改。他这样赞扬他的朋友：“在里姆斯基·科萨科夫的作品里，人们对他的音乐想要表达的‘气象的’情景从无丝毫怀疑。如果是一场暴风雪，雪花似乎从木管和小提琴的音孔中飞舞地飘落而出；阳光高照时，所有的乐器都发出炫目的光辉；描写流水时，浪花潺潺地在乐队中四处溅泼，而这种效果不是用廉价的竖琴刮奏制造出来的；描写天空闪烁着星光的冬夜时，音响清凉，透明如镜。”

拉赫玛尼诺夫对自己深感不满，他说：“我过去写作时，完全不理解——我不知道怎么说才好……乐队音响和——气象学之间的关系。”在他看来，里姆斯基·科萨科夫的作品世界里有一个预报准确的气象站，而在他自己的作品世界里，连一个经常出错的气象站都没有。这是令他深感不安的原因所在。问题是拉赫玛尼诺夫作品中灰蒙蒙的气候是持久不变的，那里不需要任何来自气象方面的预报。就像没有人认为有必要在自己的梦境中设立一个气象站，拉赫玛尼诺夫作品的世界其实就是梦的世界，在欢乐和痛苦的情感的背景上，拉赫玛尼诺夫的色彩都是相同的，如同在梦中无论是悲是喜，色彩总是阴郁的那样。拉赫玛尼诺夫作品里长时间不变的灰蒙蒙，确实给人以色彩单一的印象，不过同时也让人们注意到了他那稳定的灰蒙蒙的颜色其实无限深远，就像辽阔的草原和更加辽阔的天空一样向前延伸。这也是为什么人们会在拉赫玛尼诺夫的音乐中始终感受到神秘的气氛在弥漫。

另一个例子来自他们的俄罗斯同胞瓦西里·康定斯基。对康定斯基而言，几乎每一种色彩都能够在音乐中找到相对应的乐器，他认为：“蓝色是典型的天堂色彩，它所唤起的最根本的感觉是宁静。当它几乎成为黑色时，它会发出一种仿佛是非人类所有的悲哀。当它趋向白色时，它对人的感染力就会变弱。”因此他断言，淡蓝色是长笛，深蓝色是大提琴，更深的蓝色是雷鸣般的双管巴松，最深的蓝色是管风琴。当蓝色和黄色均匀调合成为绿色时，康定斯基继承了印象派的成果，他感到绿色有着特有的镇定和平静，可是当它一旦在黄色或者蓝色里占优势时，就会带来相应的活力，从而改变内在的感染力，所以他把小提琴给了绿色，他说：“纯粹的绿色是小提琴以平静而偏中的调子来表现的。”而红色有着无法约束的生气，虽然它没有黄色放肆的感染效果，然而它是成熟的和充满强度的。康定斯基感到淡暖红色和适中的黄色有着类似的效果，都给人以有力、热情、果断和凯旋的感觉，“在音乐里，它是喇叭的声音”。朱红是感觉锋利的红色，它是靠蓝色来冷却的，但是不能用黑色去加深，因为黑色会压制光芒。康定斯基说：“朱红听起来就像大喇叭的声音，或雷鸣般的鼓声。”紫色是一个被冷化了的红色，所以它是悲哀和痛苦的，“在音乐里，它是英国号或木制乐器（如巴松）的深沉调子”。

康定斯基喜欢引用德拉克洛瓦的话，德拉克洛瓦说：“每个人都知道，黄色、橙色和红色给人欢快和充裕的感觉。”歌德曾经提到一个法国人的例子，这个法国人由于夫人将室内家具的颜色从蓝色改变成深红色，他对夫人谈话的声调也改变了。

还有一个例子来自马塞尔·普鲁斯特，当他下榻在旅途的某一个客栈时，由于房间是海洋的颜色，就使他在远离海洋时仍然感到空气里充满了盐味。

康定斯基相信色彩有一种直接影响心灵的力量，他说：“色彩的和谐必须依赖于与人的心灵相应的振动，这是内心需要的指导原则之一。”康定斯基所说的“内心需要”，不仅仅是指内心世界的冲动和渴望，也包含了实际表达的意义。与此同时，康定斯基认为音乐对于心灵也有着同样直接的作用。为此，他借用了莎士比亚《威尼斯商人》中的诗句，断然认为那些灵魂没有音乐的人，那些听了甜蜜和谐的音乐而不动情的人，都是些为非作歹和使奸弄诈的人。在康定斯基看来，心灵就像是一个容器，绘画和音乐在这里相遇后出现了类似化学反应的活动，当它们互相包容之后就会出现新的和谐。或者说对心灵而言，色彩和音响其实没有区别，它们都是内心情感延伸时需要的道路，而且是同一条道路。在这方面，斯克里亚宾和康定斯基显然是一致的，不同的是前者从绘画出发，后者是从音乐出发。

斯克里亚宾比里姆斯基·科萨科夫走得更远，他不是通过配器，或者说是通过管弦乐法方面的造诣来表明音乐中的色彩，他的努力是为了在精神上更进一步平衡声与色的关系。在1911年莫斯科出版的《音乐》杂志第九期上，斯克里亚宾发表了有关这方面的图表，他认为这是为他的理论提供令人信服的证据。在此之前，另一位俄罗斯人A. 萨夏尔金·文科瓦斯基女士也发表了她的研究成果，也是一份图表，她的研究表明：“通过大自然的色彩来描述声音，通过大自然的声音来描述色彩，使色彩能耳听，声音能目见。”俄罗斯人的好奇心使他们在此领域乐此不疲，康定斯基是一个例子，斯克里亚宾是另一个例子，这是两个对等起来的例子。康定斯基认为音乐与绘画之间存在着一种深刻的关系，为此他借助了歌德的力量，歌德曾经说过绘画必须将这种关系视为它的根本。康定斯基这样做了，所以他感到自己的作品表明了“绘画在今天所处的位置”。如果说斯克里亚宾想让他的乐队演奏绘画，那么瓦西里·康定斯基一直就是在画音乐。

长期在巴黎蒙特马特的一家酒吧里弹钢琴的萨蒂，认为自己堵住了就要淹没法国音乐思想和作品的瓦格纳洪流，他曾经对德彪西说：“法国人一定不要卷入瓦格纳的音乐冒险活动中去，那不是我们民族的抱负。”虽然在别人看来，他对同时代的德彪西和拉威尔的影响被夸大了，“被萨蒂自己夸大了”，不过他确实是印象派音乐的前驱。他认为他的道路，也是印象派音乐的道路开始于印象派绘画。萨蒂说：“我们为什么不能用已由莫奈、塞尚、图卢兹－劳特雷克和其他画家所创造出的，并为人们熟知的方法？我们为什么不能把这些方法移用在音乐上？没有比这更容易的了。”

萨蒂自己这么做了，拉威尔和德彪西也这么做了，做得最复杂的是拉威尔，做得最有名的可能是德彪西。法国人优雅的品质使他们在处理和声时比俄罗斯人更细腻，于是德彪西音响中的色彩也比斯克里亚宾更加丰富与柔美，就像大西洋黄昏的景色，天空色彩的层次如同海上一层层的波涛。勋伯格在《用十二音作曲》中这样写道：“他（德彪西）的和声没有结构意义，往往只用作色彩目的，来表达情绪和画面。情绪和画面虽然是非音乐的，但也成为结构要素，并入到音乐功能中去。”将莫奈和塞尚的方法移用到音乐上，其手段就是勋伯格所说的，将非音乐的画面作为结构要素并入到音乐功能之中。

有一个问题是，萨蒂他们是否真的堵住了瓦格纳洪流？虽然他们都是浪漫主义的反对者和印象主义的拥护者，然而他们都是聪明人，他们都感受到了瓦格纳音乐的力量，这也是他们深感不安的原因所在。萨蒂说：“我完全不反对瓦格纳，但我们应该有我们自己的音乐——如果可能的话，不要任何‘酸菜’。”萨蒂所说的酸菜，是一种德国人喜欢吃的菜。由此可见，印象主义者的抵抗运动首先是出于民族自尊，然后才是为了音乐。事实上瓦格纳的影响力是无敌的，这一点谁都知道，萨蒂、拉威尔和德彪西他们也是心里明白。这就是艺术的有趣之处，强大的影响力不一定来自学习和模仿，有时候恰恰产生在激烈的反对和抵抗之中。因此，勋伯格作为局外人，他的话也就更加可信，他说：“理查·瓦格纳的和声，在和声逻辑和结构力量方面促进了变化。变化的后果之一就是所谓和声的印象主义用法，特别是德彪西在这方面的实践。”

热衷于创作优美的杂耍剧场的民谣的萨蒂，如何能够真正理解宽广激昂的瓦格纳？对萨蒂而言，瓦格纳差不多是音乐里的梅菲斯特，是疯狂和恐怖的象征，当他的音乐越过边境来到巴黎的时候，也就是洪水猛兽来了。凡·高能够真正理解瓦格纳，他在写给姐姐耶米娜的信中说道：“加强所有的色彩能够再次获得宁静与和谐。”显然，这是萨蒂这样的人所无法想象的，对他们来说，宁静与和谐往往意味着低调子的优美，当所有的色彩加强到近似于疯狂的对比时，他们的眼睛就会被色盲困扰，看不见和谐，更看不见宁静。然而，这却是瓦格纳和凡·高他们的乐园。凡·高为此向他的姐姐解释道：“大自然中存在着类似瓦格纳的音乐的东西。”他继续说：“尽管这种音乐是用庞大的交响乐器来演奏的，但它依然使人感到亲切。”在凡·高看来，瓦格纳音乐中的色彩比阳光更加热烈和丰富，同时它们又是真正的宁静与和谐，而且是印象主义音乐难以达到的宁静与和谐。在这里，凡·高表达了与康定斯基类似的想法，那就是“色彩的和谐必须依赖于与人的心灵相应的振动”。于是可以这么说，当色彩来到艺术作品中时，无论是音乐还是绘画，都会成为内心的表达，而不是色彩自身的还原，也就是说它们所表达的是河床的颜色，不是河水的颜色，不过河床的颜色直接影响了河水的颜色。

康定斯基认为每一个颜色都可以是既暖又冷的，但是哪一个颜色的冷暖对立都比不上红色这样强烈。而且，不管其能量和强度有多大，红色“只把自身烧红，达到一种雄壮的成熟程度，并不向外放射许多活力”。康定斯基说，它是“一种冷酷地燃烧着的激情，存在于自身中的一种结实的力量”。在此之前，歌德已经在纯红中看到了一种高度的庄严和肃穆，而且他认为红色把所有其他的颜色都统一在自身之中。

尤瑟纳尔在有关东方的一组故事里，有一篇充满了法国情调的中国故事《王佛脱险记》。王佛是一位奇妙的画师，他和弟子林浪游在汉代的道路上，他们行囊轻便，尤瑟纳尔的解释是“因为王佛爱的是物体的形象而不是物体本身”。林出身豪门，娇生惯养的生活使他成为一个胆小的人，他的父母为他找到了一个“娇弱似芦苇、稚嫩如乳汁、甜得像口水、咸得似眼泪”的妻子，然后谨慎知趣的父母双双弃世了。林与妻子恩爱地生活在朱红色的庭院里，直到有一天林和王佛在一家小酒店相遇后，林感到王佛“送给了他一颗全新的灵魂和一种全新的感觉”，林将王佛带到家中，从此迷恋于画中的景色，而对人间的景色逐渐视而不见。他的妻子“自从林爱王佛为她作的画像胜过爱她本人以来，她的形容就日渐枯槁”，于是她自缢身亡。尤瑟纳尔此刻的描述十分精美：“一天早晨，人们发现她吊死在正开着粉红色花朵的梅树枝上，用来自缢的带子的结尾和她的长发交织在一起在空中飘荡，她显得比平常更为苗条。”林为了替他的老师购买从西域运来的一罐又一罐紫色颜料，耗尽了家产，然后师徒两人开始了漂泊流浪的生涯。林沿门乞食来供奉师傅，他“背着一个装满了画稿的口袋，躬腰曲背，毕恭毕敬，好像他背上负着的就是整个苍穹，因为在他看来，这只口袋里装满了白雪皑皑的山峰，春水滔滔的江河和月光皎皎的夏夜”。后来，他们被天子的士兵抓到了宫殿之上，尤瑟纳尔的故事继续着不可思议的旅程，这位汉王朝的天子从小被幽闭在庭院之中，在挂满王佛画作的屋子里长大，然后他发现人世间的景色远远不如王佛画中的景色，他愤怒地对王佛说："汉王国并不是所有王国中最美的国家，孤也并非至高无上的皇帝。最值得统治的帝国只有一个，那就是你王老头通过成千的曲线和上万的颜色所进入的王国。只有你悠然自得地统治着那些覆盖着皑皑白雪终年不化的高山和那些遍地盛开着永不凋谢的水仙花的田野。"为此，天子说："寡人决定让人烧瞎你的眼睛，既然你王佛的眼睛是让你进入你的王国的两扇神奇的大门。寡人还决定让人砍掉你的双手，既然你王佛的两只手是领你到达你那王国的心脏的，有着十条岔路的两条大道。"王佛的弟子林一听完皇帝的判决，就从腰间拔出一把缺了口的刀子扑向皇帝，于是林命运的结局是被士兵砍下了脑袋。接下去，皇帝命令王佛将他过去的一幅半成品画完，当两个太监把王佛勾有大海和蓝天形象、尚未画完的画稿拿出来后，王佛微笑了，"因为这小小的画稿使他想起了自己的青春"，里面清新的意境是他后来再也无法企及的。王佛在那未画完的大海上抹上了大片大片代表海水的海蓝色，又在海面补上一些小小的波纹，加深了大海的宁静感。这时候奇怪的事出现了，宫廷玉石的地面潮湿了起来，然后海水涌上来了，"朝臣们在深齐肩头的大水中慑于礼仪不敢动弹……最后大水终于涨到了皇帝的心口"。一叶扁舟在王佛的笔下逐渐变大，接着远处传来了有节奏的荡桨声，来到近前，王佛看到弟子林站在船上，林将师傅扶上了船，对师傅说："大海真美，海风和煦，海鸟正在筑巢。师傅，我们动身吧！到大海彼岸的那个地方去。”于是王佛掌舵，林俯身划桨。桨声响彻大殿，小船渐渐远去。殿堂上的潮水也退走了，大臣们的朝服全都干了，只有皇帝大衣的流苏上还留着几朵浪花。王佛完成的那幅画靠着帷幔放在那里，一只小船占去了整个近景，逐渐远去后，消失在画中的大海深处。

尤瑟纳尔在这篇令人想入非非的故事里，有关血，也就是红色的描述说得上是出神入化。当弟子林不想让自己被杀时流出的血弄脏王佛的袍子，纵身一跳后，一个卫兵举起了大刀，林的脑袋从他的脖子上掉了下来，这时尤瑟纳尔写道：“就好像一朵断了枝的鲜花。”王佛虽然悲痛欲绝，尤瑟纳尔却让他情不自禁地欣赏起留在绿石地面上的“美丽的猩红的血迹来了”。尤瑟纳尔的描述如同康定斯基对红色所下的断言，“一种冷酷燃烧着的激情”。此刻，有关血的描述并没有结束。当王佛站在大殿之上，完成他年轻时的杰作时，林站在了王佛逐渐画出来的船上，林在王佛的画中起死回生是尤瑟纳尔的神来之笔，最重要的是尤瑟纳尔在林的脖子和脑袋分离后重新组合时增加的道具，她这样写：“他的脖子上却围着一条奇怪的红色围巾。”这令人赞叹的一笔使林的复活惊心动魄，也使林的生前和死后复生之间出现了差异，于是叙述更加有力和合理。同时，这也是尤瑟纳尔叙述中红色的变奏，而且是进入高潮段落之后的变奏。如同美丽的音符正在飘逝，当王佛和林的小船在画中的海面上远去，当人们已经不能辨认这师徒两人的面目时，人们却仍然可以看清林脖子上的红色围巾，变奏最后一次出现时成为优美无比的抒情。这一次，尤瑟纳尔让那象征着血迹的红色围巾与王佛的胡须飘拂到了一起。

或许是赞同歌德所说的“红色把所有其他的颜色都统一在自身之中”，红色成为很多作家叙述时乐意表达的色彩。我们来看看马拉美是如何恭维女士的，他在给女友梅丽的一首诗中写道：“冷艳玫瑰生机盎然 / 千枝一色芳姿翩翩。”千枝一色的女性的形象是多么灿烂，而马拉美又给予了她冷艳的基调，使她成为“冷酷燃烧着的激情”。他的另一首诗更为彻底，当然他献给了另一位女士，他写道：“每朵花梦想着雅丽丝夫人 / 会嗅到它们花盅的幽芳。”没有比这样的恭维更能打动女性的芳心了，这是“千枝一色”都无法相比的。将女性比喻成鲜花已经是殷勤之词，而让每一朵鲜花都去梦想着某一位女性，这样的叙述还不令人陶醉？马拉美似乎证实了一个道理，一个男人一旦精通了色彩，那么无论是写作还是调情，都将会所向披靡。

在日本的细节里旅行

2006 年 8 月，日本国际交流基金会邀请我和家人访日十五天，去了东京和东京附近的镰仓；北海道的札幌、小樽和定山溪；还有关西地区的京都、奈良和大阪。

这是十分美好的旅程，二十多年前我开始阅读川端康成的小说时，就被他叙述的细腻深深迷住了，后来又在其他日本作家那里读到了类似的细腻，日本的文学作品在处理细部描述时，有着难以言传的丰富色彩和微妙的情感变化，这是日本文学独特的气质。

在阅读了二十多年的日本文学作品之后，我终于有机会来到了日本，然后我才真正明白为什么会产生如此细腻，而且这细腻又是如此丰富的日本文学，因为对细节的迷恋正是日本民族的独特气质。在我的心目中，日本是一个充满了巧妙细节的国度，我在日本的旅行就是在巧妙的细节里旅行。

在镰仓的时候，我去了川端康成家族的墓地，那是一个很大的墓园，不知道有多少人长眠于此。我们在烈日下沿着安静的盘山公路来到墓园的顶端，站在川端家族的墓地前时，我发现了一个秘密的细节，就是我四周的每一个墓碑旁都有一个石头制作的名片箱，当在世的人来探望去世的人时，应该递上一张自己的名片。如此美妙的细节，让生与死一下子变得亲密起来。或者说，名片箱的存在让生者和死者拥有了继续交往的隐秘的权利。

然后我在晴空下举目四望，看到无数的墓碑依次而下，闪耀着丝丝光芒，那一瞬间我觉得墓园仿佛成了广场，耸立的墓碑们仿佛成了一个一个在世者，或者说是一段一段已经完成的人生正在无声地讲述。我看着他们，心想我和他们其实生活在同样的空间里，只是经历着不同的时间而已。

在京都的清水寺，有一座气势磅礴的戏台，从山脚下支立起来，粗壮的树干如同蛛网一样纵横交错，充满了力量。高高的戏台面对着寺庙里的佛像，这戏台是给佛搭建的，当然和尚们也可以观看，可是他们只能站在另一端的山上，中间隔着悬崖峭壁，还有鸟儿们的飞翔。我去过很多寺庙，佛像前供满食物的情景已经习以为常，可是让众佛欣赏歌舞，享用精神食粮，我还是第一次见到。

京都的这个晚上令人难忘，那里有几十家寺庙连成一片，道路逶迤曲折，高低起伏，两旁商店里展示的商品都是那么的精美，门前的灯笼更是赏心悦目，脚下的台阶和石路每一尺都在变化着，让人感到自己是行走在玲珑剔透里。一位名叫寺前净因的大和尚带着我们在夜色里参观了他的高台寺，精美的建筑和精美的庭院，还有高科技的光影作用。在一个静如镜面的池塘旁，我们伫立良久，看着电脑控制的图像在水中变幻莫测，有一种阴森森的美丽让我们嘴里一声声赞叹不已。接下去寺前和尚又让我们观看了另一种阴森森的美丽，我们来到一片竹林前，看着电脑图像在摇动的竹子上翩翩起舞，那是鬼的舞蹈。当美丽里散发着恐惧时，这样的美丽会让人喘不过气来。

我们在一个又一个寺庙里安静地行走，一直来到川端康成《古都》里所描绘过的那个大牌坊前，然后看到了京都喧嚣的夜生活，我们身处的大牌坊仿佛是分水岭，一端是冷清的寺庙世界，另一端是热闹的世俗世界。我们站在属于寺庙的安静世界里，看着街道对面川流不息的人流和车流，霓虹灯的闪烁，声音的喧嚣，甚至食物的气息阵阵飘来，仿佛是站在另一个世界里看着这个人间的世界。

然后寺前和尚带着我们走上了一条没有一个游客知道的石屏小路，我们走在了京都人间生活的精华里。石屏小路静悄悄没有别人，只有我们几个人，我们悄悄地说话，赞叹着两旁房屋的精美变化，门和窗户的变化，悬挂门前灯笼的变化，就是里面照射出来的灯光也在不断地变化着，每一户人家都精心打扮了自己，每一户人家都不雷同。我十三岁的儿子感慨万千，他说："这不是人间，这是天堂。"

从日本回来以后，我一直想写一篇很长的散文，准备从东京的小树林开始。东京是一个属于摩天大厦的城市，可是只要有一片空地，那就是一片树林。由于道路的高高低低，有时候树林在身旁，有时候树林到了脚下，有时候树林又在头顶上了。树林在任何地方都会给予人们安静的感受，在喧嚣的大都市东京，树林给人的安静更加突出。就像在轰轰烈烈的现代音乐里，突然听到了某个抒情的乐句一样。生活在东京的喧闹里，时常会因为树林的出现，让自己烦躁的情绪获得一些安静。这个属于城市的细节，其实表达了一个国家源远流长的风格。

在这篇短文结束的时候，我想起了在札幌的一个晚上，北海道大学的野泽教授和几个朋友带着我来到了一个"新宿以北最繁华的地方"，那是札幌的酒吧区，据说那里有五千多家酒吧。我们来到了一家只有十平米左右的酒吧，一个年近七旬的老年妇女站在柜台里面，我们在柜台外面坐成一排，喝酒聊天唱歌大笑，老板娘满嘴的下流俏皮话，我心想为什么大学的教授们喜欢来到这里，因为这里可以听到大学里听不到的下流俏皮话。这个酒吧名叫"围炉里"，老板娘年轻时当选过北海道的酒吧小姐，墙上贴满了当时选美比赛过程的照片，看着照片上那位年轻美丽的北海道酒吧小姐，再看看眼前这位仿佛山河破碎似的老年妇女，我难以想象她们是同一个人。

墙上还挂着日本前首相中曾根康弘送给她的一幅字，我说起中曾根的时候，她不屑地挥着手说：“那孩子。”然后拿出纸和笔，要我也像中曾根那样写下一句话，我看了看眼前这位老年妇女，又忍不住看了看墙上照片里那位年轻美人，写下了我当时的真实感受：在围炉里，人生如梦。

耶路撒冷 & 特拉维夫笔记

2010年5月2日

耶路撒冷国际作家节的欢迎晚宴在Mishkenot Sha'ananim能够俯瞰旧城城垣的天台举行。佩雷斯步履缓慢地走过来，与我们挨个握手。这位中东地区的老牌政治家、以色列的前外长前总理现总统的手极其柔软，仿佛手里面没有骨头。我曾经和几位西方政治家握过手，他们的手都是一样的柔软。我没有和中国的政治家握过手，不由得胡思乱想起来，觉得中国政治家的手可能充满了骨感，因为他们有着不容置疑的权威。

佩雷斯离去后，作家节的欢迎仪式也就结束了。我借助翻译和美国作家罗素·班克斯、保罗·奥斯特聊天，这两位都没有来过中国。罗素·班克斯说，他有个计划，死之前必须要做几件事，其中一件就是要来中国。我问他打算什么时候来，保罗·奥斯特在一旁大笑地替他回答：“死去之前。”

2010年5月3日

作家们在导游陪同下游览耶路撒冷旧城，日程安排上写着：“参加者请携带舒适的步行鞋和一顶帽子，请衣着端庄。”

昨天国际作家节的新闻发布会上，来自欧美的作家们猛烈抨击内塔尼亚胡政府破坏中东和平。今天中午聚餐时，作家节主席乌里·德罗米高兴地说，虽然他本人并不完全赞同这些激烈言辞，可是因为国际作家都在猛烈批评以色列政府，以色列的媒体纷纷大篇幅地报道了今年的作家节，所以很多场次朗诵会的门票已被抢购一空。

下午从耶路撒冷驱车前往死海的路上，看到有供游客与其合影的骆驼，其中一头骆驼只喝可乐不喝水。没有喝到可乐，这头骆驼就会拒绝游客骑到身上。这是一头十分时尚的骆驼。

我和妻子躺在死海的水面纹丝不动，感觉身体像救生圈一样漂浮。我使出各种招数，想让自己沉下去，结果都是失败。我发现在死海里下沉如同登天一样困难。

2010年5月4日

今天的安排是“参观边线博物馆的现代艺术巡回展”。这家博物馆位于别具一格的边境线上，一边是现代的西耶路撒冷，一边是旧城。博物馆董事兼馆长Rafi Etgar先生有些失望，仍然热情地陪同了我们，详细解说。

一位埃及翻译家将一位以色列作家的书，从希伯来文翻译到阿拉伯文，在埃及出版后遭受了很多恐吓，甚至被起诉到法庭上。他偷偷来到作家节上，与那位以色列作家形影不离。为了保护他，作家节主办方和以色列媒体只字不提他的名字。他英雄般地出现在耶路撒冷，然后小偷般地溜回埃及。

这位埃及翻译家和那位以色列作家都年近六十了，两个人见到我就会热情地挥手。我感到他们就像失散多年的兄弟在耶路撒冷重逢，他们确实也是第一次见面。中东地区的真正和平至今仍然遥遥无期，可是这两个人的亲密无间让我感到，文学在中东地区已经抵达了和平。

2010年5月5日

世界上每一座城市都隐藏着游客很难发现的复杂，而耶路撒冷的复杂却是游客可以感受到的。这座城市的地下讲述了圣经时代以来人们如何在刀光剑影里生生不息，它的地上则是散发着巨大反差的意识和生活。犹太人、阿拉伯人、德鲁兹人、切尔克斯人……形形色色，仿佛是不同时间里的人们，生活在相同的空间里。

所罗门在耶路撒冷建立第一圣殿，被巴比伦人摧毁；半个世纪后，犹太人在旧址上建立第二圣殿，罗马帝国将其夷为平地，残留一段犹太人视为圣地的哭墙。我看到一些年满十三岁的白帽白衣男孩们，在白衣白帽男人们簇拥下前往哭墙，取出圣经诵读一段，以示成年。男孩们神情按部就班，或许他们更愿意在家中玩游戏。

我在耶路撒冷的旧城走上了耶稣的苦路，耶稣身背沉重的十字架在这里走完生命最后的路程，然后被钉在十字架上。路上有女子们为他哭泣，他停下来，让她们不要为他哭泣，应该为自己和儿女哭泣。如今苦路两旁全是阿拉伯人和犹太人的小商铺，热情地招揽顾客。公元 33 年的苦路和今天的商路重叠到一起，我恍惚间看到耶稣身背十字架走在琳琅满目的商品里。

2010 年 5 月 6 日

我去了极端正教派犹太人居住区，街道上全是黑帽黑衣黑裤白衬衫的男子。世俗犹太人称他们为企鹅。他们拒绝一切现代的资讯手段，通知或者新闻等都是写在街道的黑板上，他们仿佛生活在一百年前。他们生活贫穷，可是礼帽却价值两千美元。他们潜心钻研教义，不会正眼去看女子；若有女子身穿吊带裙出现，将被驱逐。可是在特拉维夫，我看到酒店外街道上贴着很多妓女的名片，就像中国路面上的小广告。

在以色列，世俗犹太人和正教派犹太人的不同也会在恋爱里表现出来。我在夜深人静之时走入可以俯瞰耶路撒冷旧城城垣的公园，看到一对年轻男女在朦胧的草地上相拥接吻，他们是世俗犹太人；然后又看到一个企鹅装束的年轻正教派犹太人与一个年轻女子的恋爱，他们坐在路灯下清晰的椅子两端小声交谈，中间像是有一条无形的溪涧阻隔了他们。

2010 年 5 月 7 日

十年前我去过柏林的犹太人博物馆，深感震撼。十年后的今天我又去了耶路撒冷大屠杀纪念馆，更加震撼。这样的震撼难以言表。超过四百万大屠杀遇难者的姓名记录在册，还有很多没有被记录的亡灵。有一个圆形的建筑是纪念大屠杀中遇难的孩子，里面是黑暗的，只有屋顶闪亮出了一个又一个孩子的姓名，一个忧伤的女低音缓慢地念出他们的名字，周而复始永不停息。

在“二战”中救助过犹太人的所有人都被以色列铭记在心，他们的事迹用雕塑展现出来，他们说过的话被刻在石头上，一位救助过犹太人的普通人说过一句朴素而又震撼的话：“我不知道犹太人是什么，我只知道人是什么。”

纳粹集中营里的幸存者大多不愿讲述可怕往事，回忆都会让他们难以承受。我的翻译陪同告诉我一个真实的故事，他的一位叔叔一直不愿讲述自己在集中营里的可怕经历，老之将死之时开始对孩子们讲述：

纳粹让犹太人排成一队，一个举着手枪的纳粹让另一个纳粹随便说出数字七，然后挨个数过去，数到第七个就对着那个犹太人头部开枪，再往下数到七，再开枪……讲述者那时候还是一个孩子，他就站在七的位置上，身旁的父亲悄悄把他拉过去，与他更换了位置，他的父亲在枪声响起后死在他的眼前。

2010 年 5 月 8 日

我和妻子在特拉维夫的地中海里游泳。海水里和沙滩上挤满了游泳和晒太阳的犹太人，满眼的泳裤和比基尼。在以色列中学毕业都要服兵役，男生三年，女生两年。我在特拉维夫沙滩上，看到穿着游泳裤背着冲锋枪的男生和穿着比基尼背着冲锋枪的女生也在那里晒太阳。岸上的草地里全是穿长袍裹头巾的阿拉伯人在烧烤鸡肉牛肉羊肉，香气四溢。这情景令我觉得犹太人和阿拉伯人是可以和平相处的。地中海的日落情景壮观美丽，而二十公里之外就是巴以冲突不断的加沙地带。

特拉维夫有一家格鲁吉亚犹太人开设的酒吧，里面人声鼎沸，一面格鲁吉亚国旗从二楼扶梯悬挂下来。他们是苏联解体后与俄罗斯犹太人同时移民以色列。我想，格鲁吉亚犹太人和俄罗斯犹太人之间是否存在着萨卡什维利和梅德韦杰夫似的敌对？来自世界各地的移民会带去不同的文化风俗和意识形态，也会带去矛盾和冲突。

第三辑　活着，为了讲述

我所有的创作，都是在努力更加接近真实。我的这个真实，不是生活里的那种真实。我觉得生活实际上是不真实的，生活是一种真假参半、鱼目混珠的事物。

一个国家，两个世界

如果从伦理道德和处世哲学的角度来探讨中国这六十年的社会变迁，那么家庭价值观的衰落和个人主义的兴起可以作为一条历史的分界线，显现出同一个国度里的两个截然不同的世界。

过去时代的中国，个人在社会生活中是没有空间的，如果个人想要表达自我诉求，唯一的方式就是投身到集体的运动之中，比如“大跃进”和“文革”。值得注意的是，在这些轰轰烈烈的集体运动中，个人的自我诉求必须和当时的社会准则或者说是政治标准完全一致，稍有偏差就会引来麻烦和厄运。用当时流行的比喻，我们每个人都是一滴水，汇集到社会主义的大江大河之中。

在那个时代，个人只能在家庭中拥有其真正的空间。也就是说个人的自我诉求作为独立的意义，只能在家庭生活中表达出来。因此当时的社会纽带不是个人和个人之间联结起来的，而是家庭和家庭之间的联结。可以这么说，家庭是当时社会生活里的最小单位。

这就是为什么家庭价值观在中国人这里曾经如此的重要，夫妻之间的不忠被视为大逆不道。当时的社会伦理会让婚外恋者遭受种种耻辱，比如剃成阴阳头的发型游街，甚至以流氓罪被判刑。“文革”期间，由于政治斗争的残酷，夫妻相互揭发，父子反目屡有发生，不过这些事例只是出现在少数家庭，绝大多数家庭则是空前团结。在当时外部环境的高压之下，人们十分珍惜家庭的内部生活，因为只剩下这一点点属于个人了。

改革开放之后，经济的飞速发展让中国出现了翻天覆地的变化，这样的变化渗透到了中国的方方面面。思维方式和生活方式，世界观和价值观也同样翻天覆地地变化了。于是，过去的伦理道德逐渐缺失，利益和金钱的处世哲学替代了过去革命的处世哲学。过去有过一句著名的口号：“宁要社会主义的草，不要资本主义的苗。”今天的中国，已经让我们很难分清什么是属于社会主义的，什么是属于资本主义，我觉得草和苗在今天的中国已经是同一种植物了。

被压制已久的个人主义，在一个唯利是图的社会里突然兴起，必然会冲击家庭价值观。其实，强调个人价值和遵守家庭价值之间本来不是矛盾，问题是我们的发展太快了，短短三十多年，我们从一个极端走向了另外一个极端，从一个人性压抑的时代来到了一个人性放荡的时代，从一个政治第一的时代来到了一个物质至上的时代。过去，社会束缚的长期存在，让人们只能在家庭里感受到些许自由；今天，社会的束缚消失之后，曾经让人倍加珍惜的家庭自由突然间无足轻重了。如今婚外恋越来越普遍，已经不是什么见不得人的事。

当每个人都拥有一个舞台，可以充分地秀自己之时，过去意义的家庭在今天完全改变了，或者说现在的家庭不再像过去那样承载很多属于社会的功能。很多人不再像他们的父辈那样珍惜家庭，因为他们的价值更多地体现在了社会生活里，很少体现在家庭生活中。

过去的三十多年，我们的发展就像是一匹脱缰的野马那样一路狂奔，我们全体都在后面大汗淋漓地追赶，我们追赶的步伐常常跟不上发展的速度。展望今后的十年，我觉得，或者说我希望，我们发展的速度应该慢下来，这匹脱缰的野马应该跑累了，应该放慢脚步了。

然后，我们可以在个人价值和家庭价值之间找到平衡。

没有一种生活是可惜的

我和马原不知道是多少年的朋友了，什么难听的话都可以说，如果他或者我生气了，我们的友谊就不会保持到今天。马原身上始终保持一个优点，就是幼稚。我刚才听他啰唆半天，为自己的书辩护，我想马原真是，都六十五岁了，还是没变。那些批评你的人都是在鸡蛋里挑骨头，你搭理他们干吗？你的房子还没盖好，你过几天回去，房子一盖，什么事跟你都没关系了。

我认真把这本书读完了，读了三天，其实我可以一口气读完，可我现在老花眼，读一个小时就要休息一下。这本书虽然有三百多页，但给我的感觉只有两百页，很快读完。几天前马原到了北京给我打电话，我在电话里对他说，你的新书很好看。

好多年前，马原在北京漂泊的时候，没事干会到我家来，那时我送给他一本《活着》，他看完以后给我打电话说写得真好看，这是我们互相之间的评价，我们不会说其他的话。

我读完这本书有一个感觉，这是一个江湖中人写出来的书，是一个经历了很多的人才能写出来的书。

所以我要谈谈我所了解的马原。80年代末我们在鲁迅文学院的时候，马原经常过来。那时候陈晓明在社科院研究生院读博士，当时觉得那地方很远，现在北京大了，感觉不远了，有一次我和格非转五六次公交车去看他，他就在宿舍里用电炉炒鸡块给我们吃，一大盘，晓明很会做菜。

马原经常来鲁迅文学院，当时莫言和我住一个房间，有一个学期他回家盖房子去了，他不在，马原就在那住了几夜，我们通宵聊天，充满热情谈文学，没谈其他的话题。我们到晓明那里，也是只谈文学，除了文学没有别的话题，那真是一个很美好的时代。我记得晓明当时还写诗，问他发表在哪里，他很得意地说，发表在研究生院女同学们的笔记本上。

那时候马原工作单位还在西藏，有一段时间马原离开西藏回到沈阳——马原是一个很认真的人，但是他做事基本上是半途而废。当时他很热心地给辽宁文学院搞一个活动，把我们请过去。这是我认识史铁生以后他的第一次长途跋涉，当时我和莫言、刘震云三个人把史铁生扛上火车。震云身体比我和莫言强壮，他背着铁生上火车，我和莫言负责把轮椅和四个人的包弄上火车，到了沈阳以后，就是马原背着铁生走了，他比震云更强壮。

记得我们还在那进行了一场足球比赛，在一个篮球场上，我们是北京队，加上沈阳的马原，马原再帮我们拉来两个踢得好的，我们让铁生当守门员，铁生坐在轮椅里，我们说你就在这待着，把门守住，辽宁文学院的同学不敢踢，怕把铁生踢坏。（马原：就是一个篮筐下面，铁生一个轮椅就已经把它围住了。）我们告诉他们，你们要是一脚把球踢到史铁生身上，他很可能被你们踢死了。所以他们不敢往我们的球门踢，他们只能防守，不能进攻，整场比赛就是我们围着他们的球门踢。那时候确实很好玩，晚上去偷黄瓜。当时辽宁文学院周边全是农田，我记得走道里摆着一个大水缸，偷来的黄瓜在水缸里面洗一下给铁生送过去，铁生咬一口说，我这一辈子没有吃过这么新鲜的黄瓜，我说这黄瓜从摘下来到你嘴里不到十分钟。

这样的故事太多了。在沈阳待了一些日子后，马原去海南了。马原一直在漂泊，他当年选择去西藏，其实已经走上今天的道路，就是漂泊的道路，总是在途中。他一直安定不下来，在北京也漂过一段时间，在北京漂着的时候是我们见面最多的时候。他原来在拉萨群艺馆工作，马原这个人心高气傲，个子也高，平时看别人都比他矮，他瞧不起别人，跟群艺馆馆长关系很不好，他这种性格，连拉萨市委书记都不放在眼里，群艺馆馆长算什么，所以经常吵架。有一天他们群艺馆馆长发火了，说马原你别再来上班。马原如获至宝，心想是你说的不让我上班。从此以后马原再也不上班了，但是工资照样拿。然后他到北京来了，因为工资还有，他不上班了，他抓住了那个馆长的把柄，不是他不想上班，是那个馆长不让他上班。

他去了海南，去了很长时间，他在海南时有了一个想法，就是刚才晓明说的，要拍一个叫《中国文学梦》的纪录片。那时候我在嘉兴，刚好程永新和格非从上海过来玩，住在我家里，我们三个人正下着围棋，有人敲门，打开门一看，我们三个人都傻了，马原带着一个摄制组来了，我问他是怎么找过来的。那时候我们没有手机，家里也没有电话，马原大概是听说我们在嘉兴，直接上了火车，就找过来了，好像《中国文学梦》就是在我家开机的。（马原：前一段有一本《重返八十年代》，那本书就是关于我拍《中国文学梦》的记录，拍了两三年，这个片子开机就在余华家里。）

在我嘉兴的那个家开机完，他把我们三个人先拍了，然后满世界跑，去拍其他作家。当时巴老虽然还没有常住华东医院，但是已经年老体弱，要不是因为李小林，他根本拍不到巴老，他拿着那个大灯烤了巴老好几个小时。等到他的片子历尽艰辛，钱花完了也剪完了，可是放不了，为什么放不了？电视台的清晰度不断升格，他用的磁带的清晰度已经过时了。（马原：原来有4-3的带，大宽带，等我拍完了，那个带变了，制式又变了。）

我印象很深的是，当时为了让《收获》上《焦点访谈》，这样可以增加发行量，我们去忽悠央视新闻评论部的人，最后他们同意了，给《收获》做了一期《焦点访谈》。找来找去谁来做这个节目？王利芬。王利芬那时候在新闻评论部，她是谢冕的博士，是新闻评论部唯一懂文学的。王利芬很关心马原，问他这些年不写东西在做什么？马原说在拍一部《中国文学梦》。王利芬说你做这个片子干吗？马原说我想为中国文学做点事情。王利芬说了一句很好的话，她说，你要是想为中国文学做点事，你就多写几篇小说吧。

后来马原还是漂泊，漂到上海去同济大学当中文系主任。说实话，晓明当北大中文系主任合情合理，没有人感到惊讶，可马原当中文系主任我觉得就是他这本《黄棠一家》前面的书名——荒唐。一个漂泊不定的人做了中文系主任，后来一想也好，我以为他从此会安定下来，在上海安家落户。那时他还请我去同济大学做了一场演讲，到了同济的招待所，吃了午饭，我们哥儿俩就在房间里面，坐在两张床上开始聊天，好几年没见了。我忘了问演讲题目是什么，他也没有说演讲题目是什么，聊得差不多该去吃晚饭了，吃完晚饭就去会场。人很多，马原自己不上去，就在下面坐着，让他们系里的一个教授在上面主持活动。等我要开始发言的时候才想起，说什么啊？转身往后面看一看，有演讲题目在，即兴胡乱发挥了。其实马原也不知道我演讲的题目是什么，他根本不关心这些破事，他就是陪着我，跟我聊天，陪我吃饭。没过多久，他有自知之明，辞掉了中文系主任，他知道这事情胜任不了。

他在同济的时候我每到上海我们必会见面。有一次我和苏童去他家，当时他在同济刚分了一套房子，他很骄傲于自己的装修，他把所有直角的墙全部弄成圆的，还说他拥有知识产权，给我们展示他的成就。我们说马原你还真是喜欢折腾，把墙的直角都弄成圆角，这也有好处，撞上了不会破皮。

当我们大家都以为马原已经是上海人时，他又消失了。我不知道他生病的事情，他绝对不会对任何人说生病的事情，是他在同济的一个朋友黄昌勇，当时在同济做宣传部长。黄昌勇找到我，他说你能不能给马原打一个电话？我说发生什么事了？他说马原跑了。我说怎么跑了，被通缉跑了？他说生病跑了，肺里有一个肿瘤，非常严重的病，马原不愿意住院治疗，从上海跑到海南去了，他很危险，你能不能给他打一个电话，把他叫回来，说服他，让他回到上海的医院治病。我想了想说，你知道我们关系挺好，但是我告诉你，我这个电话打过去屁用没有，他不一定会接听，即便他接听了，不仅不会回来，还会说你以后生了病也到我这里来。我说我太了解他这个人了，让他去吧，是死是活，听天由命。几年以后，听说他漂到云南去了，前天他和马大湾（马原的儿子）到我家来，给我看他在云南盖的那些房子，盛情邀请我去。我心里想，希望这是你最后的住处了，别再漂了。

这些年来马原的生活跌宕起伏，漂泊不定，谁都不知道他在哪里。我们老朋友见面时，经常会提到马原，马原在哪里？一桌子人都不知道他在哪里。你说晓明在哪里，谁都知道晓明在北大，知道的更多一点的人会说，他昨天刚从上海讲课回来。说到马原，大家都不知道他在哪里。

那么多年来我听到很多对马原的惋惜声音，说马原不写东西，瞎折腾，折腾来折腾去，不知道折腾什么。还有人讽刺马原，各种各样的声音都有。但是我读完马原这本新书的感受是：没有一种生活是可惜的，也没有一种生活是不值得的，所有的生活都充满了财富，只不过看你开采了还是没有开采。所以这也是我为什么说读完这本书，感觉是一个江湖中人写的。解放前有一句老话叫“十年修成一个举人，十年修不成一个江湖”。刚才晓明谈了不少马原过去的作品，包括《虚构》这样的作品，在我看来像是一个举人写的，但《黄棠一家》像是一个江湖写的。我并不是说江湖强于举人，或者举人强于江湖，我们这个社会需要举人也需要江湖，如果从社会安定角度来看的话，举人多江湖少肯定更好，因为知识分子也就是动动嘴皮子，可江湖是要动刀子的。

没有一条道路是重复的

应《环球时报》周晓苹女士的邀请，我来为这部出色的小说集作序。其实这份工作应该属于陈众议教授，正是他的不懈支持，当然还有周晓苹的努力工作，才有了今天《小说山庄》的结集出版。

我不知道如何来谈论这部书带给我的阅读感受，这样的感受就像是在热烈的阳光里分辨着里面不同的颜色。这里的作者遍及世界各地，他们来自不同的国家和民族，生活在不同的时代，他们有着不同的宗教信仰和不同的语言文化，有着不同的肤色和不同的年龄，还有不同的嗜好和不同的习惯。太多的不同使他们无法聚集到一起，可是文学做到了，他们聚集到了这部书中，就像不同的颜色被光的道路带到了阳光里。

阅读这部书有时候仿佛是在阅读一幅世界地图，然而我们读到的并不是一张平面的纸，在那些短小的篇幅里，在那些巧妙的构思里，在意外的情节和可信的细节的交叉里，在一个个时而让人感动时而让人微笑的故事里，我们读到了什么？我觉得自己读到了一段段的历史，读到了色彩斑斓的风俗，读到了风格迥异的景色，当然这是人的历史，人的风俗和人的景色，因为在我们读到的一切里，我们都读到了情感的波动。我想这就是文学，文学中的情感就像河床里流动和起伏的水，使历史、风俗和景色变得可以触摸和可以生长。所以这部书并不是一幅关于国家和城市的地图，也不是关于航线和铁路的地图，这一幅地图是由某一个村庄、某一条街道、某一幢房屋、某一片草地和某一个山坡绘成的，或者说它是由某一个微笑、某一颗泪珠、某一个脚步、某一个眼神和某一个转瞬即逝的念头堆积起来的。它是由生活的细节和想象的细节来构成的，如同一滴一滴的水最终汇成了无边无际的大海一样。

世界上没有一条道路是重复的，也没有一个人生是可以替代的。每一个人都在经历着只属于自己的生活，世界的丰富多彩和个人空间的狭窄使阅读浮现在了我们的眼前，阅读打开了我们个人的空间，让我们意识到天空的宽广和大地的辽阔，让我们的人生道路由单数变成了复数。文学的阅读更是如此，别人的故事可以丰富自己的生活。阅读这部书就是这样的感受，在这些各不相同的故事里，在这些不断变化的体验里，我们感到自己的生活得到了补充，我们的想象在逐渐地膨胀。更有意思的是，这些与自己毫无关系的故事会不断地唤醒自己的记忆，让那些早已遗忘的往事和体验重新回到自己的身边，并且焕然一新。阅读一部书可以不断勾起自己沉睡中的记忆和感受，我相信这样的阅读会有益于自己的身心健康。

别人的城市

我生长在中国的南方，我的过去是在一座不到两万人的小城里，我的回忆就像瓦楞草一样长在那些低矮的屋顶上，还有石板铺成的街道、伸出来的屋檐、一条穿过小城的河流，当然还有像树枝一样从街道两侧伸出去的小弄堂，当我走在弄堂里的时候，那些低矮的房屋就会显得高大了很多，因为弄堂太狭窄了。

后来，我来到了北方，在中国最大的城市北京定居。我最初来到北京时，北京到处都在盖高楼，到处都在修路，北京就像是一个巨大的工地，建筑工人的喊叫声和机器的轰鸣声昼夜不绝。

我年幼时读到过这样的句子："秋天我漫步在北京的街头……"这句子让我激动，因为我不知道在秋天的时候，漫步在北京街头会是什么样的感觉。当我最初来到北京时，恰好也是秋天，我漫步在北京的街头，看到宽阔的街道，高层的楼房，川流不息的人群车辆，我心想：这就是漫步在北京的街头。

应该说我喜欢北京，就是作为工地的北京也让我喜欢，嘈杂使北京显得生机勃勃。这是因为北京的嘈杂并不影响我内心的安静，当夜晚来临，或者是在白昼，我独自一人走在大街上，想着我自己的事时，身边无数的人在走过去和走过来，可是他们与我素不相识。我安静地想着自己的事，虽然我走在人群中，却没有人会来打扰我。我觉得自己是走在别人的城市里。

如果是在我过去的南方小城里，我只要走出家门，我就不能为自己散步了，我会不停地遇上熟悉的人，我只能打断自己正在想着的事，与他们说几句没有意义的话。

北京对我来说，是一座属于别人的城市，因为在这里没有我的童年，没有我对过去的回忆，没有错综复杂的亲友关系，没有我最为熟悉的乡音。当我在这座城市里一开口说话，就有人会对我说："听口音，你不是北京人。"

我不是北京人，但我居住在北京，我与这座城市若即若离，我想看到它的时候，就打开窗户，或者走上街头；我不想看到它的时候，我就闭门不出。我不要求北京应该怎么样，这座城市也不要求我。我对于北京，只是一个逗留很久还没有离去的游客；北京对于我，就像前面说的，是一座别人的城市。我觉得作为一个作家，或者说作为我自己，住在别人的城市里是很幸福的。

我与东亚

这是朴宰雨教授给的题目，这个题目很大，什么都可以讲，作为一个作家理应讲讲自己的写作，可是我讲了三十多年了，关于我的写作，关于我对文学的理解，不知道讲了有多少，堆起来不是一座大山，也是一座不大不小的山，伴随这些话喷出来的唾沫星子能把我淹个半死。我还写下了不少这样的文章，在中国先是分散发表，后是结集出版，不少了解我的读者已经熟悉我的套路，所以我开始遇到这样的情景：我在台上夸夸其谈时，有时会看到台下听众里某张陌生的脸上出现会心的笑容，我就知道刚才说的那些话，他或者她已经听过了，可能还听过不止一次，然后我就得绞尽脑汁说点新的什么出来。今天在座的各位虽然来自韩国和日本，可是你们比很多中国读者还要了解我，很可能我说了上半句你们就知道下半句，我不想看到你们脸上出现会心的笑容，当然我也不指望你们脸上会有惊讶的表情，你们无动于衷就行了。

我想起2009年法兰克福书展期间，我和一位作家朋友约好了与另外两位朋友一起吃午饭，我们两个在书展现场各有活动，我的活动先结束了，就走到他那里，坐在下面听他在台上侃侃而谈，他讲得很精彩，结束时德国听众给予热烈的掌声。我很了解他，读过不少他关于文学的文章，也和他很多次一起出席这样的活动，所以他那些深受德国读者欢迎的话在我听来都是熟悉的话。他从台上下来我们一起往外走的时候，我对他说，以后我们不能批评官员们说套话，我们的话重复说，也是套话了。

我曾经以为另一位作家朋友是个例外，我读过他关于文学的文章，也和他一起出席过文学方面的活动，这家伙有个本领，每次说出来的都是我第一次听到的，让我误以为他是一个每时每刻都在思考的人，可是他花那么多时间去看电视里的篮球、足球、网球什么的，还要花时间整理自己的小花园，他睡着的时间也比我长，他哪来那么多的新东西？后来听说他有一个诀窍，就是他有几篇演讲稿始终不发表，让读者们看不到，让我也看不到，每次演讲时根据不同的对象把那些演讲稿里的内容挑选着说，即使听过他演讲的人，也会有第一次听的感觉。前几天我遇到他时问是不是这样，他有些得意地承认了，随即有些沮丧地说以后可能不灵了，因为他的一位教授朋友要编辑一套作家谈文学的丛书，他这些压箱底的宝贝都要拿出来出版了。等着吧，过不了几年，他的铁杆读者再听他演讲时就不会觉得是第一次了。

接下来我讲些什么呢？我知道你们是想听我讲讲自己的写作，这次不讲了，下次见面时再讲，这次就讲讲我的作品在东亚的遭遇。

东亚四个国家里，朝鲜没有出版过我的书，我也没有去过那里。我有两个朋友去过朝鲜，一个回来后告诉我，朝鲜只有一个胖子，其他的都是瘦子；另一个回来后说，平壤的空气真好。现在这个时刻，全世界的目光都在注视着朝鲜，五月十四日凌晨朝鲜第七次试射弹道导弹，还有第六次核试验至今引而不发，威胁着整个东亚地区。中国的媒体渲染朝鲜有万门火炮瞄准首尔，想想有些荒诞小说的意味——在万门火炮瞄准下，我们在这里进行“余华与东亚”研讨会，这个房间也不大，一颗炮弹就能解决我们。我觉得这个时候来到首尔很有意思，可以感受战争威胁下民众的生活。刚才饭塚容教授说了，他来首尔之前，几个朋友劝他不要来，因为日本媒体和中国的媒体一样也在渲染战争威胁。本来要来参加这个研讨会的一位中国教授，因为想象自己有可能魂断首尔，不来了。高玉教授比较勇敢，他来了。可是我们到了首尔，看到的是歌舞升平的景象，大街上行走的人笑呵呵的，商店里人头攒动，餐馆里的吆喝声都传到街对面的餐馆里去了。韩国的朋友告诉我，战争威胁已经有七十年了，已经喊了七十年

“狼来了”。这个会议结束后，我还要参加“首尔国际文学论坛”，此后要去罗州，去韩国电力公司进行一场演讲。本来我觉得用十天时间来了解更多的韩国人如何看待朝核问题会很有意思，现在觉得也不会有什么意思了。

回到我们今天的话题。在韩国和日本的汉学家里面，第一个翻译我作品的是饭塚容教授，事实上他也是世界上第一个翻译我作品的人，好像是1990年的时候，我收到了他寄给我的日文杂志《现代中国小说》，里面有我的一个短篇小说《十八岁出门远行》，还有他的一封信和一张名片，那时他是助教授，现在他是大教授了。我不知道他是怎么打听到我的地址的，日本汉学家收集资料的能力是世界汉学界公认的。此后我们保持了通信联系，我记得他90年代来北京时经常住在红十字宾馆，我们在那里有过几次愉快深入的交谈。

虽然饭塚容是第一个翻译我作品的，但是我的作品在日本的情况远不如韩国，韩国几乎出版了我全部的作品，日本只出版了七本书，而且是由四个出版社出版的。根据我的经验，作品被翻译到其他国家后出版社多的话意味着不那么成功，如果你的作品真正成功了，原来的出版社是不会放过你的，他们会一直出版你的书。我曾经开玩笑地对饭塚容说，这是你的责任。饭塚容谦虚地点头说，确实是我的责任。

当然不是饭塚容的责任，这是命运的责任，就像每个人有自己的命运一样，每本书也有自己的命运。我在日本正式出版的第一本书是《活着》，这和张艺谋的电影在日本院线上映有关，饭塚容好像只用了一个多月时间就翻译完成了。那是 2002 年，由角川书店出版，第一版印了八千册，几年以后才卖完，角川书店没再加印，他们本来是指望电影可以带动小说，结果并不理想，他们放弃了这本书，也放弃了我这个作者。

另一个失败的例子是《兄弟》。

这本书的日文译者是泉京鹿，我其他六本书都是饭塚容翻译的。文艺春秋当时对《兄弟》寄予厚望，专门邀请我去东京做宣传，提供头等舱机票，住在东京最贵的酒店里，还在《读卖新闻》上做了大幅广告。他们花了很多钱，可是《兄弟》只售出了两万套（分上、下册），一万套单行本，一万套文库版。文艺春秋非常失望，他们期待的销售数字应该远远高于两万套。我作品的命运之舟驶入日本后在角川书店搁浅了第一次，在文艺春秋搁浅了第二次。

然后我来到了河出书房和岩波书店。我曾经希望角川书店是我在日本的出版社，此后又希望文艺春秋是，现在我希望河出书房和岩波书店是我在日本的出版社。八千册和两万册的销售对于河出书房和岩波书店来说已经很多了，他们会很满意，为何角川书店和文艺春秋不满意？原因很简单，前者希望借助电影让《活着》畅销，后者投入很多宣传费用希望《兄弟》畅销，结果都没有畅销，期望越高失望就越大。我知道这不是《活着》和《兄弟》的命运，它们应该是自由成长的命运，不应该是拔苗助长的命运。《活着》最早在中国出版时只印了两万册，几年都没卖完，1998 年以后突然受欢迎了，现在总的销售量超过七百万册了。《活着》英文版2003年出版时，美国兰登书屋的编辑认为能售出五千册就很好了，结果超过了五万册。法国的Actes Sud出版社1997年开始出版我的书，一本又一本，一直销售不好，直到2008年《兄弟》的畅销，把此前的书也带动起来。美国兰登书屋和法国Actes Sud都不指望电影什么的来带动书的销售，也不花钱做宣传，所以他们对我很满意。

我的书在韩国也是自由成长的命运。在此我要感谢白元淡教授，1997年她把我的《活着》带到了韩国，带到了绿林出版社。还有崔容晚先生，他翻译了《许三观卖血记》《在细雨中呼喊》和《兄弟》等。还有李旭渊教授，还有金泰成，还有其他译者，有的我认识，有的我不认识，我后来在韩国出版的书都是绿林出版社和文学村庄出版社找的译者。

我的作品刚开始并不受欢迎，1999年的时候白元淡代表韩国民族文学作家会议邀请我访问韩国，当时有不少采访，有些采访是光明正大做的，有些采访是偷偷摸摸做的，为什么这么说？因为白元淡是左派，她不允许右派媒体采访我。比如《朝鲜日报》，白元淡讨厌这家在韩国影响力最大的报纸，可出版社才不管什么左派右派，给我安排了采访，被白元淡挡了回去。然后呢，我们躲着白元淡，做贼似的把采访做完了。白元淡看到《朝鲜日报》上刊出的采访后对我说，你这个人有问题。然后她又说，《朝鲜日报》影响大，这样也不错。

当时韩国民族文学作家会议还邀请了一位越南作家和一

位法国作家，越南作家很朴实，我们成了朋友。那位法国作家很傲慢，言行举止全是有钱人的派头。我们参加这个会议是有钱的，多少已经忘了，当时主持这个会议的是韩国著名诗人金正焕，他把应该给法国作家的钱分给了我和越南作家，金正焕说这个法国作家很有钱，不需要钱了。我记得法国作家演讲时迟到，有人焦急，主持会议的金正焕却是一副无所谓的样子，晃来晃去和人聊天，焦急的那个人问金正焕，法国作家要是不来了怎么办？金正焕说，她爱来不来。那位法国作家迟到了半个小时，她把法国驻韩国大使带来了，结果下面没有听众，韩国民族文学作家会议的几个工作人员就坐到下面去充数。

我演讲的时候下面坐满了人（会议室不大），全是白元淡的学生。白元淡是一位独裁教授，她命令所有的学生必须来听我演讲，不来的不准毕业，还让两个学生拿着花名册站在门口点名登记。

我那次在韩国住了十五天，去了不少地方，离开时，绿林出版社的金惠景社长和我告别拥抱时说，有这么多的采访发表了，你的书还是卖不出去。

我回到中国两年以后，来自绿林出版社的信息是《许三观卖血记》突然受到韩国读者的欢迎了，其他的书也开始慢慢受欢迎了。

接下来我应该说说中国了，我在自己国家的故事太多，不知道从何说起，想了想还是从头说起吧。朴宰雨教授要我写三到四页A4纸的发言稿，马上就要进入第四页了，加上刚才的临时发挥，应该超过四页了，我这个从头说起也就是说一个开头，不会滔滔不绝，我把开头当成结尾来说。

我是1982年开始写小说的，中国从“文革”的浩劫里走出来还没几年，那是文学杂志的黄金时代，“文革”时停刊的文学杂志都复刊了，还有很多新的文学杂志创刊出来。当时的中国，只要是杂志几乎都是文学杂志。我们这一代“文革”后开始写作的中国作家，有一个共同点就是先写短篇小说，熟练了再写中篇小说，又熟练了开始写长篇小说。我们的目标就是在文学杂志上发表。那时候出版成书并不重要，重要的是要在最好的杂志上发表。

我这个小镇牙医白天拔牙晚上写作，完成一个短篇小说总是先寄往《人民文学》或者《收获》，被退回来后寄给《北京文学》和《上海文学》，再被退回来就再往重要性低一些的杂志寄，我的手稿去过很多有文学杂志的城市，比我后来三十多年去过的城市还要多。

当时我们家有一个院子，邮递员总是隔着围墙把装着退稿的大信封扔进来，我父亲听到“啪嗒”一声响亮的声响，就会对我说，又有退稿了。有时候一封轻薄的信飘进来，我父亲会说，这回有点希望了。

这样的遭遇一直持续到1987年，《十八岁出门远行》等一些后来被称为先锋文学的作品发表后，引起其他文学杂志编辑的关注，他们给我写约稿信。我从胡乱投稿变成应约写稿，当时的感觉好极了。我把几封约稿信摊开来向我父亲展示，父亲问我什么意思？我说，我出名了。

我们生活在巨大的差距里

这四十年来中国人的心理变化就像社会的变化那样天翻地覆。当社会面目全非之后，我们还能认识自己吗？

我想，没有一个人在心理上是完全健康的，起码不可能一生都健康，心理医生也不会例外。事实上，我们人人都有着不同程度的焦虑，对尚未发生的事情的担忧和害怕，这样的心理或多或少地在左右着我们的生活态度和思维方式。1997 年的时候，我在香港丢过一次护照，历尽麻烦之后才得以回到北京。护照的丢失意味着身份的失去，此后的三四年时间里，我每次在国外的时候都会梦见自己的护照又丢了，然后一身冷汗醒过来，才知道是虚惊一场；而且无论我是在开会演讲，还是在游山玩水，每隔四五个小时就会神经质地去摸一下护照是否还在口袋里。直到今天，我出国前整理行装时，首先考虑的是穿什么样的衣服可以保证护照的安全，然后再考虑其他的。可以这么说，香港的那次护照丢失，让我在此后十年的时间里只要置身异国他乡，就会出现焦虑，害怕护照再次丢失的焦虑，这是对自己可能再次失去身份的恐惧。

我从事的工作是讲故事，用《巴黎圣母院》里吉卜赛人的说法，我就是那种将别人的故事告诉别人，然后再向别人要钱的人。

三十多年前，也就是“文革”后期，我还是一个中学生，当时男生和女生之间是不说话的，虽然非常想说话，可是不敢说，就是爱慕对方，也只能偷偷地用眼睛看看而已。也有胆大的男生悄悄给女生写纸条，而且还不敢写上明确示爱的句子，都是一些指鹿为马的句子，比如要送给对方一块橡皮一支铅笔之类的句子，来传达爱的信息。接到纸条的女生立刻明白那小子想干什么，女生普遍的反应是紧张和害怕，假如纸条一旦曝光，女生就会深感羞愧，好像她自己做错了什么。

三十多年以后的今天，中学生谈情说爱早已在心理上合法化，在舆论上公开化。现在的女中学生竟然是穿着校服去医院做人流手术，媒体上曾经有过这样一条消息，一个女中学生穿着校服去医院做人流手术时，有四个穿着校服的男中学生簇拥着，当医生说手术前需要家属签字时，四个男中学生争先恐后地抢着要签名。

是什么原因让我们从一个极端走向了另一个极端？我不知

道，我只知道中国这三十年创造了举世瞩目的经济奇迹，现在已经成为世界第二大经济体，可是在这个光荣的数据后面，却是一个让人不安的数据，人均年收入始终在世界的九十多位和一百位之间。这两项应该是平衡的经济指标，在今天的中国竟然如此的不平衡。

当上海、北京、杭州和广州这些经济发达地区的摩天大厦此起彼伏，商店、超市和饭店里人声鼎沸时，在西部的贫穷落后地区仍然是一片萧条景象。按照联合国一天收入只有一美元的贫困标准，中国的贫穷人口在一亿以上。

中国是一个地域辽阔、人口众多、经济发展不平衡的国家，在 20 世纪 80 年代的中期，沿海地区城市里的人普遍在喝可口可乐了；可是到了 90 年代中期，湖南山区外出打工的人，在回家过年时，给乡亲带去的礼物是可口可乐，因为他们的乡亲还没有见过可口可乐。

社会生活的不平衡必然带来心理诉求的不平衡，20 世纪 90 年代后期，中央电视台在六一儿童节期间，采访了中国各地的孩子，问他们六一的时候最想得到的礼物是什么。一个北京的小男孩狮子大开口要一架真正的波音飞机，不是玩具飞机；一个西北的小女孩却是羞怯地说，她想要一双白球鞋。

两个同龄的中国孩子，就是梦想都有着如此巨大的差距，这是令人震惊的。对这个西北女孩来说，她想得到一双普通的白球鞋，也许和那个北京男孩想得到的波音飞机一样遥远。

这就是我们今天的生活，不平衡的生活。区域之间的不平衡、经济发展的不平衡，个人生活的不平衡等，然后就是心理的不平衡，最后连梦想都不平衡了。梦想是每个人与生俱有的财富，也是每个人最后的希望。即便什么都没有了，只要还有梦想，就能够卷土重来。可是我们今天的梦想已经失去平衡了。

北京和西北这两个孩子梦想之间的差距，显示了两个极端，可以说和我举出的第一个例子的差距一样巨大，三十多年前的女中学生和今天的女中学生是另外的两个极端，前者显示的是现实的差距，后者显示的是历史的差距。

我在《兄弟》后记里写下这样一段话："一个西方人活四百年才能经历这样两个天壤之别的时代，一个中国人只需四十年就经历了。"

我知道自己在《兄弟》里写下了巨大的差距，上部"文革"时代和下部今天时代的差距，这是历史的差距；还有李光头和宋钢的差距，这是现实的差距。历史的差距让一个中国人只需四十年就经历了欧洲四百年的动荡万变，而现实的差距又将同时代的中国人分裂到不同的时代里去了，就像前面说到的北京男孩和西北女孩，这两个生活在同样时代里的孩子，他们梦想之间的差距，让人恍惚觉得一个生活在今天的欧洲，另一个生活在四百年前的欧洲。

这就是我们的生活，我们生活在现实和历史双重的巨大差距里，可以说我们都是病人，也可以说我们全体健康，因为我们一直生活在两种极端里，今天和过去相比较是这样，今天和今天相比较仍然是这样。

三十年前，我刚刚从事讲故事的职业时，读到过挪威易卜生的一段话，他说：“每个人对于他所属的社会都负有责任，那个社会的弊病他也有一份。”

所以说与其说我是在讲故事，不如说我是在寻求治疗，因为我是一个病人。